Noël 2014
SF

ANTOINE PAJE

Antoine Paje est né en 1971 à Paris. Diplômé de l'ENSIA, devenue AgroParisTech, il a été gérant de société et a travaillé plusieurs années avec l'étranger. *Et il me parla de cerisiers, de poussières et d'une montagne* est son premier roman.

Noël 2014
Sf

ET IL ME PARLA
DE CERISIERS,
DE POUSSIÈRES
ET D'UNE MONTAGNE…

ANTOINE PAJE

ET IL ME PARLA DE CERISIERS, DE POUSSIÈRES ET D'UNE MONTAGNE…

Il faut parfois toute une vie
pour apprendre à marcher

Postface inédite de l'auteur à la présente édition

POCKET

Pocket, une marque d'Univers Poche,
est un éditeur qui s'engage pour la préservation
de son environnement et qui utilise du papier fabriqué
à partir de bois provenant de forêts gérées
de manière responsable.

ISBN : 978-2-266-25478-6

« Il y a bien plus de choses qui nous font peur,
Lucilius, que de choses qui nous font mal. »

Sénèque (4 av. J-C – 65 apr. J-C), *Lettres à Lucilius*

« Accomplis chaque jour
une chose qui te fait peur. »

Eleanor Roosevelt (1884-1962)

Aux improbables Yodas.

AVANT-PROPOS

Au fil de mes lectures « modernes », j'ai toujours été étonné que les rencontres décisives se teintent le plus souvent d'exotisme : vieux sage rencontré en Inde ou sur les contreforts du Tibet, chaman de Mongolie, sorcier indien, moine du Sinaï ou d'Anatolie, ou autres.

Or les grains de sagesse m'évoquent les grains de sable. C'est très puissant, un grain de sable. Cela peut enrayer la plus effrayante des machines de destruction ou d'autodestruction. Même s'il a fallu des centaines de millénaires pour les polir, les grains de sable roulent, s'envolent, se déposent partout, sans jamais être déformés par leurs voyages, gardant toute leur substance en changeant de lieu, de temps et de langue. Étrangement, rien ne ressemble davantage à un grain de sable qu'un autre. Cela signifie selon moi que la sagesse est universelle. Une fois rejetés apparences et faux-semblants, chaque être qui la recherche, l'étudie, la fait sienne, découvre la même chose. Tout le problème, d'une simplicité enfantine autant que d'une extrême complexité, consiste à trouver cette chose.

Peut-être est-ce la véritable justification de cet exotisme. En effet, nous sommes aveugles et aveuglés. Des signes nous sont proposés, nous ne les voyons pas. Lorsqu'ils se font insistants, nous les écartons d'un haussement d'épaules. Nous n'avons pas le temps de nous en préoccuper, courant d'un point à un autre, débordés par des urgences qui n'en sont presque jamais. Nous ne voyons pas les graviers qui sont semés sous nos pas afin de nous guider vers notre destination. Et puis, à la faveur d'un voyage lointain, déroutant, ou d'une rencontre, d'un « épisode remarquable », nous ôtons nos œillères. Enfin nous voyons, nous sentons. Le signe s'impose. Le gravier se révèle. On ne peut plus l'ignorer parce que l'on sait, au fond de soi, qu'il est LA clef pour nous trouver nous-mêmes.

L'épisode, la rencontre remarquable deviennent durables.

Les signes les plus puissants, les plus « modificateurs » de nos existences sont le plus souvent portés par des êtres qui nous ont devancés à pas de géant et qui nous tendent la main pour nous aider à les rejoindre, qui sèment des graviers pour nous rendre le chemin plus facile. C'est l'adulte qui retient par l'épaule un enfant trébuchant, qui lui enseigne que, pour marcher, on ne peut avancer qu'un pied à la fois. Je les ai baptisés les « Yodas », clin d'œil affectueux aux *Star Wars*.

Georges Lucas aurait choisi ce nom pour son grand sage jedi, haut de soixante centimètres, parce qu'il est un passionné de sanskrit. « *Yoddha* » signifie « guerrier » en sanskrit et « *Yodea* » « celui qui sait » en hébreu. Un guerrier de sagesse ?

INTRODUCTION

Nous avons tous peur, tous, hommes, femmes, jeunes, vieux, quelles que soient notre culture, nos croyances. Nous refusons de l'admettre, parce que nous en avons honte. Mais si on « ne fait pas la peau » à la peur, c'est elle qui nous tuera, à petit feu. C'est elle qui nous pousse à faire des choses épouvantables, ou simplement stupides, qui nous font encore plus honte. C'est elle qui est le plus souvent à l'origine du ratage de nos vies et du fait que nous pouvons aussi détruire celle des autres.

Je sais que le mot « peur » choque, qu'on le refuse. Ça ne fait jamais plaisir d'admettre que l'on a peur. On a l'impression que les gens vont soudain vous prendre pour une serpillière. Alors on cherche des synonymes acceptables. On évoque le mal-être, le stress, l'inquiétude, l'incertitude, l'appréhension, les réactions d'autrui, la crise, la mondialisation ou même le passage d'une vague comète. Bref, des choses logiques, carrées. Des choses extérieures à nous, provoquées par telle ou telle situation. Ou alors on ne dit carrément rien. On ressasse, on se rend malade, malheureux, plutôt que de prononcer le mot, ce mot terrible de « peur ».

Le premier effort, la première étape consiste à cesser d'avoir peur… du terme « peur » ! Une fois qu'on a réussi à admettre qu'on avait peur, ne reste plus qu'à chercher et à trouver les bons remèdes. C'est un peu comme si un médecin soignait le rachitisme en prescrivant des antimigraineux. Tant qu'on n'a pas formulé le bon diagnostic, on ne peut découvrir le bon remède, celui qui va nous guérir.

D'où vient notre peur ? De tant de choses, différentes en fonction des êtres. En grande partie de l'éducation, c'est certain, mais « éducation » pris dans un sens très large : tout ce qui nous a environnés.

La peur est coriace, très sournoise, au point qu'on se dit souvent « Euh… j'ai pas peur, moi ». Mais, si. Comme tout le monde, ou presque. Il faut vraiment la prendre à bras-le-corps pour s'en débarrasser.

Je parle de ces fausses peurs qui nous pourrissent l'existence, à tel point qu'on ne s'en aperçoit même plus. La peur de ne pas être à la hauteur, la peur d'échouer, la peur de ne pas être aimé, la peur de rater un truc, la peur de décevoir, la peur de passer à côté de sa vie, la peur d'une situation nouvelle, de l'autre, la peur du changement, la peur de tout.

Le mauvais remède que nous avons trouvé à ces peurs est une sorte de gigantesque principe de précaution. Un principe devenu générique qui pèse sur nos vies intérieures mais également extérieures. Au point qu'on se demande si véritablement nos vies, dans nos sociétés pourtant préservées, sont tant menacées, et en permanence. Où se trouve véritablement le danger ? Ne sommes-nous pas en train de nous créer des fantasmes de danger ? L'effet extrêmement pervers de ce principe de précaution généralisée est de nous conforter dans l'idée que nos peurs ont une cause réelle et objective, alors que, neuf fois sur dix, c'est faux. Dans beaucoup de cas, les politiques pondent des lois pour nous rassurer, pour écarter un danger qui n'existe pas ou si peu, et qui pourrait être facilement évité à l'échelon individuel. Du coup, la peur-fantasme prend de l'envergure, de la réalité, et nous finissons par nous convaincre qu'il existe véritablement une menace grave et permanente.

Les exemples abondent. Un des plus récents s'apparente à un détail. Mais c'est si crétin que cela en devient presque drôle, alors, profitons-en. On vient d'interdire les colliers insecticides pour chiens et chats, au motif que peut-être, éventuellement, sait-on jamais, un jour un enfant pourrait souffrir d'une légère intoxication de contact avec le produit antibestioles, tout en précisant que le cas ne s'est jamais vérifié depuis que lesdits colliers existent. Principe de précaution : colliers retirés de la vente. Restent donc les pipettes remplies d'insecticide que l'on verse sur la peau du chien. Tentez l'expérience. Du liquide insecticide reste une bonne journée sur les poils de l'animal. Le risque théorique de contamination de l'éventuel enfant qui caresserait le chien ou le chat est identique. Autre problème, les pipettes sont beaucoup plus chères qu'un collier. Nombre de propriétaires d'animaux n'y auront pas recours. Le chien rapportera donc, un jour ou l'autre, une tique qui pourra sauter sur l'enfant. Si la tique est infectée, l'enfant pourra être contaminé par la gravissime maladie de Lyme. Pardon pour ce long exemple, personnel (vous comprendrez plus tard pourquoi). Selon moi, il illustre bien l'écrasant danger des fausses peurs. Une fausse peur est brandie. On applique le principe de précaution pour la repousser, sans y réfléchir. On s'achemine alors vers un vrai danger.

À force de généraliser des « peurs », des « dangers », nous finissons par vivre dans une bulle d'appréhension constante, appréhension qui n'a presque jamais de réalité. Tout devient potentiellement menaçant, risqué. Nous nous écartons des autres et de tout, et notamment de plein de petits moments précieux ou simplement agréables. C'est cette femme, véritablement inquiète, qui m'a engueulé un jour dans une gare parce que je lançais quelques miettes de sandwich à un pigeon en criant : « Vous ne devez pas faire cela. Ils donnent des maladies. » Comment ce pauvre volatile, qu'elle regardait avec crainte, aurait-il pu me communiquer une maladie, ou à elle, alors que j'étais assis sur un banc, à quatre mètres du pigeon, et qu'elle-même se tenait à bonne distance ? D'accord, à part cela, ils salissent certains endroits.

Nous nous écartons de la vie, de sa douceur, de sa géniale inventivité, de ses surprises et même de ses drames inévitables, puisque tout semble devenu menace dans nos esprits. Car la vie, c'est aussi de grands chagrins, et quelques véritables douleurs. C'est cet ancien copain avec lequel je me suis fâché. Il avait mené, disons, une vie très « libre », et refusait d'aller passer un test de séropositivité au VIH. Par peur. Il avait tellement peur d'apprendre qu'il avait le SIDA qu'il prenait la responsabilité inacceptable de contaminer ses partenaires. Sa peur était telle qu'elle l'empêchait de protéger d'autres êtres d'une maladie grave même si elle se « contient » très bien aujourd'hui grâce aux médicaments, et peut-être de recevoir une excellente nouvelle : il était indemne. Je ne sais pas s'il a fini par se résoudre à faire le test, sans cela sa fausse peur le fera vivre toute sa vie dans la terreur d'être malade et d'avoir contaminé des gens. La peur engendre du pire.

En effet, la peur engendre du pire : de l'isolement, du repli sur soi, du mal-être et de la lâcheté. La peur engendre de la non-vie d'une façon tellement sournoise qu'on ne s'en rend compte que lorsqu'il est trop tard. C'est cet homme qui tourne le regard lorsqu'il voit un enfant maltraité ou une femme battue, en se persuadant que ce n'est pas son problème ou que quelqu'un d'autre va intervenir. Et puis, il apprendra peut-être que l'enfant ou la femme sont décédés. Bien sûr, il prendra alors sa lâcheté en pleine figure et la peur aura gagné : elle aura indirectement tué et directement pourri sa vie de remords, alors qu'il suffisait de dire au tortionnaire : vous arrêtez ou j'appelle la police. Si peu !

C'est cette femme qui vit en couple. Elle a si peur que son compagnon cesse un jour de l'aimer, qu'il la trompe, la quitte, qu'elle n'arrive pas à se laisser aller à l'aimer pleinement, qu'elle le harcèle parfois. La peur de cette femme engendrera le fait qu'un jour, il la trompera, il la quittera, excédé, se sentant soupçonné sans raison, mal aimé. C'est cette mère qui tire son enfant face à un chien placide, criant : « il va te mordre, ne le touche pas », projetant son fantasme de peur sur l'enfant. Sur le chien aussi, qui ne comprend pas et risque de mordre. Car, en plus du reste, la peur est très contagieuse. Faire attention, évaluer une situation, un risque, est une démarche saine et logique qui n'a rien à voir avec la peur irrationnelle. La peur est une réponse émotionnelle, en générale mauvaise, disproportionnée et sans fondement. La peur finit par nous pousser dans l'autodétestation puis dans l'autodestruction. Or comment peut-on vraiment aimer si on ne s'aime pas ? Comment espérer être aimé si on ne s'aime pas ?

Je me souviens de cette discussion entre copains, un soir, peu avant le passage du millénaire. Nous étions une dizaine, entre gens plutôt sensés. Je me suis rendu compte à un moment que quatre parmi nous avaient vraiment peur d'une avalanche de catastrophes à minuit, le 31 décembre. La rumeur avait engendré une peur rampante, tenace. À une des femmes, très inquiète, qui nous expliquait que, cette année, elle rentrerait dans sa famille, « au moins, comme ça, on mourra ensemble », je relatai ce que j'avais lu peu avant : le moine qui avait calculé la date de naissance du Christ s'était trompé de deux-trois ans. En d'autres termes, nous étions déjà en 2002 ou 2003. Ne restait donc que la possibilité strictement informatique que les ordinateurs n'aiment pas la série de zéros de « 2000 ». J'ai vu le visage des quatre inquiets se détendre. La raison avait détruit la fausse peur qui les minait. Le plus savoureux dans l'histoire, c'est que j'ignore véritablement si ce pauvre moine s'est emmêlé dans ses calculs.

Nombre se sont refait le même plan « peur-fantasme »

avec 2012, achetant même des « kits de survie 2012 » (environ 120 euros), voire des bunkers trois étoiles dans le désert du Nevada (comptez le prix d'un trois-pièces dans le 7e arrondissement de Paris). Au moins, ça rapporte à quelques-uns !

La morale de cette dernière fausse peur est que nos craintes infondées sont aussi un juteux marché. Que de choses inutiles on nous fait acheter en instillant la peur en nous. Que de décisions dommageables on nous fait prendre, en brandissant une fausse peur d'une main et une prétendue solution de l'autre, toujours mauvaise, et que nous regretterons longtemps.

Au fait, la prochaine fin du monde aura lieu en 2020. Ça nous donne le temps de stocker bougies et haricots secs ! Tiens, avez-vous remarqué à quel point les fins du monde aiment les suites mathématiques ? 2000, chiffre rond. 21.12.12, qui, en anglais, s'écrit 12.21.12. Ça aurait été beaucoup moins chic en tombant, par exemple, un 19.06.13. Et là, 2020, soit 20-20.

Mais c'est une autre histoire, celle de nos peurs « extérieures », même si elles jouent aussi sur nos peurs « intérieures ».

Voici l'histoire de Paul Lamarche, un homme soumis à ses peurs « intérieures », sans même en avoir conscience, et qui se serait mis en colère si on lui avait étalé sous le nez l'ampleur de la trouille qui l'animait. Lui, peur ? Certainement pas. Il fallait donc qu'il en prenne conscience.

Il rampa longtemps, pour se mettre un jour debout et marcher. Pour se mettre à vivre.

Les premiers Yodas, dix ans plus tôt… mais je n'ai rien compris, ou si peu !

J'étais arrivé à San Francisco la veille au soir. Décalage horaire et stress aidant, j'avais à peine dormi quelques heures, me ressassant les arguments qu'il faudrait que j'utilise, que je fasse rentrer dans le crâne des investisseurs avec qui j'avais rendez-vous le lendemain. Les enjeux étaient colossaux pour moi – propriétaire et directeur d'une petite agence de voyages parisienne – et pour Benoît, un copain d'enfance devenu dermatologue. Nous avions placé toutes nos économies dans ce projet. En cas de réussite, il y avait beaucoup d'argent à ramasser, et une grosse claque en réserve si je me plantais. Une claque si violente que j'aurais du mal à m'en remettre.

À l'époque, notre projet était assez novateur, même s'il s'est un peu généralisé aujourd'hui. Le tourisme médical. Permettre à des gens qui, sans être fauchés, ne roulaient pas sur l'or, de pouvoir se faire soigner dans des pays émergents. Quant aux pays concernés, ils y voyaient une manne de devises et étaient prêts à investir dans des structures hospitalières, du personnel formé à des prix qui n'avaient rien de comparable avec ceux de l'Occident friqué. Les patients américains étaient bien sûr la clientèle de choix, étant donné le coût de la santé aux États-Unis. Les Européens constituaient un deuxième « vivier », notamment pour les frais dentaires ou de chirurgie esthétique. Le rôle de Benoît consistait à s'assurer de la qualité des soins une fois sur place, à nous faire un peu de promotion auprès de ses patients ; le mien à m'occuper de la logistique des voyages et séjours et surtout à convaincre « les portefeuilles à pattes » d'investir et de nous ouvrir leurs carnets d'adresses.

Certes, l'argent potentiel, dont nous espérions qu'il allait affluer, était notre principale « carotte » dans l'histoire, mais il y avait derrière un autre moteur, surtout dans mon cas. Inutile de vous préciser que, petit garçon, je ne m'étais pas levé un matin, en songeant « Youpi, je veux être voyagiste ! ». Sans doute avais-je rêvé de devenir pompier, astronaute ou ethnologue, au gré des émissions vues à la télé, mais mes résultats scolaires médiocres m'interdisaient les deux dernières professions, et risquer ma peau pour des clopinettes m'avait dégoûté de la première. Cependant, il fallait bien gagner sa vie. J'avais donc repris à 27 ans l'agence de voyages de ma tante décédée. J'aimais beaucoup tante Catherine. Elle m'avait élevé après le décès prématuré de ma mère, lorsque j'avais douze ans, mon père ayant un sens de la paternité assez flou. Je dédommageai mon cousin Laurent en lui rachetant sa part, c'est-à-dire les trois quarts, ma tante m'ayant légué le dernier, et en lui attribuant un pourcentage sur les bénéfices à venir. J'avais fait une bonne affaire, en m'endettant toutefois lourdement. Laurent n'a jamais eu le sens de l'argent. Il aime la mer, les régates entre copains et les voyages aux quatre coins du monde, façon *Guide du routard*. Vivre au jour le jour en conduisant une vieille Saab troisième main lui va comme un gant. Attention, je n'ai pas dit que je l'avais plumé. Disons que, s'il n'avait pas cédé l'agence à son cousin qu'il aime bien, il aurait pu en tirer davantage. D'un autre côté, gérer ce business l'aurait tout droit conduit à la dépression nerveuse. Quant à Benoît, mon associé dans ce projet, il était devenu médecin comme son père avant lui, afin de récupérer le cabinet.

Benoît était mon seul véritable ami. Notre affection s'était scellée sur les bancs de l'école, lorsqu'il me permettait de pomper sur lui pendant les interrogations de maths ou de sciences et lorsque, bien plus tard, je lui indiquais les filles « bon coup pas trop compliqué ». Benoît est un gars brillant, gentil, fiable, mais on ne peut vraiment pas dire qu'il s'agisse d'un tombeur. Moi non plus, mais j'avais compensé au fil des ans un physique agréable, sans plus, par l'humour et le charme. Au baratin, je ne craignais personne. C'était d'ailleurs là-dessus que je comptais pour mener à bien notre projet.

L'idée avait germé en février de cette année-là. J'avais 29 ans. Je venais de rompre avec une Marine. Parce qu'elle avait duré un peu plus que les précédentes, elle commençait à éplucher Internet à la recherche du château ou de l'hôtel idéal pour une réception de mariage, et à suggérer « que deux appartements coûtaient trop cher et qu'il serait judicieux que nous emménagions ensemble ». J'aimais bien Marine, et le sexe avec elle était vraiment sympa. Cela étant, la perspective de supporter au quotidien une autre présence, d'autres habitudes, ne m'enchantait guère, celle de faire de Marine une « madame » encore moins. Marine en était donc à la phase « questions conjugales insistantes » lorsque j'avais décidé de mettre un terme à notre relation. J'avais utilisé la panoplie classique, comme avec les autres : réponses évasives, plaisanteries, annulation de rendez-vous, etc. Marine ne comprenait pas parce qu'elle n'avait surtout pas envie de comprendre. Un soir de février, après m'être descendu deux whiskies tassés, je l'avais appelée, le cœur battant la chamade, j'avoue. Me sentant assez mal à l'aise, j'avais fait preuve d'une absence de tact ahurissante et raccroché sèchement alors qu'elle était en larmes. Un vrai mufle. Sur le moment, j'avais aussi éprouvé de la colère contre elle : mais merde à la fin, je n'étais pas la SPA pour filles célibataires ayant envie de se caser ! Bien sûr, elle avait rappelé. Je n'avais pas décroché. Très courageux en plus d'être goujat ! Agacé, j'avais téléphoné à Benoît. Aussitôt, mon ami m'avait proposé de passer la soirée et la nuit chez lui, le temps que Marine se calme un peu. Il commandait des pizzas et sortait la bière. Quelques heures plus tard, pas mal éméchés, le sujet « Marine » emballé, pesé, nous en étions venus à parler de nos vies. Avec un débit un peu pâteux, Benoît m'avait demandé d'un ton gêné :

— Tu te marres, toi ? Enfin, je veux dire, dans ton boulot, enfin…

— Ben, c'est cool…

Soudain, la vérité vraie m'était apparue. Du moins avais-je pensé sur le moment qu'il s'agissait de la vérité :

— Euh, en fait… je peux dire que je m'emmerde grave. Avec ces cons qui ne savent pas où ils veulent aller, qui rêvent d'aventure mais qui ont peur des moustiques, qui veulent faire le tour du monde des palaces avec cent balles… Mais toi, euh… enfin t'es médecin… tu soignes des gens…

Benoît avait levé la main pour m'interrompre :

— J'en ai plein le cul. D'ailleurs, j'en ai plein le cul depuis le premier jour. D'abord, j'ai jamais voulu être médecin. J'étais bon en maths et on gagne pas mal de blé, c'est tout. Dès que je suis né, mon père s'est mis dans l'idée que je prendrais sa suite. Tu connais mon père : le genre suave et raisonnable, mais, au fond, y a pas moyen de discuter. En plus, les patients me dégoûtent. Tu ne peux pas savoir, Paul. Merde, je ne peux plus supporter de tripoter des gens malades. Et puis, souvent, les pathologies dermato, c'est assez dégueu. T'aurais envie de soulever une bite vérolée, même avec des gants ?

— Non, même pas la tienne pour te rendre service !

Nous étions pliés en deux. Fou rire d'ivrognes ! L'alcool aidant, nous en étions arrivés à ce que nous pourrions faire pour nous sortir de nos vies. Je vous passerai toutes les idées saugrenues qui nous traversèrent l'esprit. Elles eurent du moins le mérite de nous faire esclaffer comme des gamins. C'est Benoît qui aborda le marché juteux du tourisme médical. Notre projet venait de naître.

Mais revenons à ce voyage à San Francisco, au premier et très improbable Yoda. Le matin, je m'étais réveillé d'un mauvais sommeil dans cet hôtel de Market Street. Après une douche, j'étais descendu prendre un petit déjeuner sommaire. Le café, insipide, me remontait dans la gorge et la salive s'accumulait dans ma bouche. Tendu à l'extrême, je m'étais rendu au bar pour commander un double whisky sous l'œil indifférent du serveur. Certes, il n'était pas 8 heures, mais de la part d'un Frenchy, donc d'un poivrot en puissance, rien ne l'étonnait.

La généreuse rasade du barman m'ayant un peu calmé les nerfs, je m'étais rendu à la banque, appelons-la, la Park Bank, une banque d'affaires et d'investissements, lieu de mon rendez-vous crucial. À pied, pour souffler, bien qu'ayant loué la veille au soir à l'aéroport une voiture de luxe, histoire de me la péter, puisque je comptais faire un peu de tourisme avant de rejoindre la France.

La journée, un mercredi de fin septembre, fut éprouvante. Sans être bilingue, je parle bien l'anglais, incontournable dans mon ancienne profession de voyagiste. Un énorme avantage sur Benoît qui n'avait jamais dépassé le stade de « *the cat is in the box* » et encore, avec son accent franchouillard, il devenait difficile de comprendre que le chat puisse être dans la boîte.

Je m'appliquai à arriver avec une minute de retard, bien que devant la banque avec trois quarts d'heure d'avance, dans l'espoir de montrer que « non, non, je n'étais pas du tout désespéré de conclure ce deal ». La salle de réunion, luxueuse, aux murs lambrissés, était moquettée de gris pâle, avec une immense table ovale très design plantée en son centre. Mes cinq interlocuteurs, dont un Japonais, un certain M. Tanaka, étaient déjà installés lorsqu'une hôtesse me fit entrer. Un silence courtois m'accueillit. Je ne cessais de me répéter : « Connard, c'est le moment, LA chance de te faire des c… en or. Si tu te plantes, tu es une merde et tu le resteras. » Affichant une aisance que je ne ressentais pas du tout, je saluai tout le monde d'un grand sourire et d'une inclinaison de tête.

Les discussions durèrent ce qui me sembla une éternité, entrecoupées de pauses-café, d'appels téléphoniques et d'un court déjeuner, servi en plateaux-repas dans la salle de réunion. Ma vie en dépendrait que je serais incapable de me souvenir de ce que j'ai mangé ce midi-là. J'eus cent fois l'impression que je venais enfin de décrocher le gros lot, mille fois celle que je pouvais aller me noyer de désespoir dans la baie. S'il est quasiment impossible d'obtenir une réponse nette et ferme d'un Japonais, du moins selon nos critères, j'avais mémorisé par cœur LA phrase, celle qui signifie que le couperet de la guillotine vient de tomber et que votre tête a roulé dans le panier sans que vous vous en aperceviez : « *Mae-muki kentô shimasu* », « nous étudierons la situation de manière positive ». Les Occidentaux pensent que tout va bien, qu'ils viennent de décrocher le marché, alors qu'en réalité cela signifie, en français moins châtié, « Tu peux toujours rêver ! ». S'y ajoute ce son de salive inspirée entre les dents, le « huishhh » qui évite à un Japonais la discourtoisie de dire « non, archi-non ! ». Mais les Américains ont également leur façon polie de vous envoyer paître. Les « on en parlera », les « hum, vraiment ? », etc. Tanaka ne prenant presque jamais la parole, j'avais vite compris qu'il s'agissait du *big shot*, bref celui qu'il fallait convaincre, sans s'adresser directement à lui.

Je n'ai que des souvenirs brumeux de cette interminable réunion. Ce qui est certain, c'est que je n'aurais jamais cru avoir de telles réserves d'adrénaline, je n'aurais jamais cru qu'un cœur puisse battre aussi vite durant des heures. Je le sentais cogner dans ma poitrine. J'avais l'impression d'être shooté à la cocaïne. J'ai probablement répété les mêmes arguments deux cents fois sous des formes différentes, la jouant détendu, sûr de moi, alors que j'avais posé les mains bien à plat sur les accoudoirs de mon fauteuil et que je n'osais pas prendre ma tasse de café de peur que mes interlocuteurs ne voient à quel point je tremblais.

Lorsque, soudain, Tanaka se leva en souriant, la nuit commençait à tomber au-dehors.

— Bonne idée. Bonne idée, Paul. À ce soir.

Il sortit de la salle, escorté par une secrétaire qui n'avait pas ouvert la bouche depuis le matin, sauf pour manger et se désaltérer.

Mes quatre autres interlocuteurs se laissèrent aller contre le dossier de leur chaise, soupirant ou se massant la nuque.

Celui qui se trouvait à ma droite, Brett, un grand rouquin à l'accent traînant du sud des États-Unis, et que je n'avais pas trouvé follement sympathique, me fila une claque dans le dos en concluant :

— Bon, je crois que l'affaire est conclue, mon pote. Bravo. *Well done, pal !*

Puisqu'on ne m'avait pas précisé la qualité de M. Tanaka, je risquai :

— Ce monsieur est un des directeurs de la banque ?

— Non, un de ses plus gros investisseurs. Entre autres « babioles », il possède une chaîne d'hôtels dans le monde entier. Vous trouvez les clients, vous organisez les voyages, il a les hôtels et le financement. Nous, on participe et on établit le contrat. Bon, on rentre dans nos *home, sweet home* respectifs et on se rejoint au Parrot's View à Sausalito pour le dîner.

Un début de nuit digne de San Francisco m'accueillit au-dehors. Une sorte de moiteur tiède m'enveloppa. Je me traînai jusqu'à l'hôtel et m'affalai sur le lit, sifflant la mignonnette de whisky pêchée dans le minibar. Je luttai contre une effroyable fatigue. Je me serais volontiers endormi sur-le-champ. J'étais si épuisé que je devenais incapable de me réjouir. Au prix d'un effort surhumain, et sans me préoccuper du décalage horaire, je tirai Benoît d'une consultation pour lui annoncer que je pensais le deal conclu. Il hurla de bonheur, m'inondant de félicitations et de compliments.

— Inutile de me rouler une pelle téléphonique depuis Paris. Remets-toi, mon poussin, souris-je. Moi, il faut encore que je me les tape pour le dîner.

Je passai sous la douche puis m'habillai en sirotant cette fois la mignonnette de vodka. Je me sentais dans un état étrange, tendu comme une corde, mais aussi épuisé, exalté et presque déconnecté de la réalité.

Je ne regrettai pas le fric que m'avait coûté la location de ma jolie petite Mercedes lorsque je la garai sur le parking du Parrot's View où s'alignaient coupés Mercedes, BMW et Audi, Corvette, sans oublier quelques Range Rover, la vague bobo-écolo n'ayant pas encore déferlé en force sur la Californie.

La salle de restaurant, immense, bruissait de conversations feutrées. Montée sur pilotis, elle avançait au-dessus de l'océan. Brett était déjà attablé, buvant un soda. En dépit de son affabilité et de son évident plaisir d'avoir conclu une affaire, il y avait quelque chose chez lui qui ne passait pas, une sorte de fausse cordialité dont je sentais qu'elle n'était liée qu'au futur contrat. Si le deal n'était pas signé, Brett m'oublierait dans la seconde. D'un autre côté, je ne lui avais pas non plus proposé mon amitié indéfectible. Il allait falloir que je grandisse un peu et que j'entre dans la cour des grands. Mais, bon, je fonctionnais beaucoup sur le fait que les gens « m'aimaient bien », bref sur l'affect, alors même que j'étais à peu près incapable de m'intéresser vraiment à qui que ce soit, à l'exception de Benoît et de moi-même, pas dans cet ordre. À cette époque, étant donné le bourbier mental dans lequel j'évoluais sans le savoir, il me semblait normal, et même futé, d'être incapable d'aimer les autres tout en espérant qu'ils m'aiment, ou du moins m'apprécient.

Bien sûr, je feignis la joviale camaraderie envers Brett. Il me parla de sa femme, de son garçonnet et du deuxième bébé « en route ». Dans le milieu professionnel, les Américains discutent volontiers de leur vie de famille pour mettre leur vis-à-vis à l'aise et aussi, sans doute, pour prouver leur rassurante normalité. Je pouvais difficilement renchérir avec mes histoires sentimentales bancales, mes coups d'une nuit et mon aversion pour l'engagement. Aussi attendais-je avec impatience l'arrivée des autres en sirotant un whisky. Une sorte de vide assez agréable s'était installé dans ma tête et dans mon sternum. Je me secouais par moments, me serinant : « Ne lâche pas le morceau, mon pote, c'est vraiment pas le moment ! Concentre-toi ou tu vas te prendre les pieds dans les franges du tapis et tout faire foirer. » Enfin, M. Tanaka, entouré des trois autres huiles de la banque, apparut. Brett se leva et s'inclina et je m'empressai de l'imiter.

Je fus bien vite soulagé. On n'attendait plus de moi que je persuade, que j'explique. Nous étions juste là pour célébrer un bon deal, lâcher quelques informations, plus ou moins véridiques, à notre sujet afin de faire plus ample connaissance. Le dîner fut une merveille. Nous commandâmes tous la même chose que M. Tanaka, imitant Brett qui semblait assez bien connaître les codes de politesse à la japonaise. Fort heureusement, M. Tanaka avait des goûts culinaires sûrs. Au caviar Béluga, servi dans de petites coupelles reposant sur une assiette creuse remplie de glace pilée, succéda une langouste grillée, que Mark, un des autres banquiers, commanda assaisonnée de gruyère fondu. M. Tanaka me lança un bref regard perplexe qui me fit sourire. Il me répondit par un clignement de paupières approbateur. Je marquais des points. J'en marquai encore un grâce à ma tante Catherine. Catherine et son sens aigu des bonnes manières, surtout à table. Je fus le seul, avec M. Tanaka, à ne pas attraper la carapace de la bestiole d'une main, avec la fourchette dans l'autre. Non, non. Couteau et fourchette, s'il vous plaît. Sans les doigts. M. Tanaka mangeait avec une folle élégance. Il est vrai que, lorsqu'on a dépiauté une langouste avec des baguettes, on doit pouvoir tout faire ! La conversation, favorisée par un remarquable latour, roula sur des sujets aussi différents que les plates-formes pétrolières en haute mer, les perspectives du marché immobilier, les coûts de santé dans les différents pays et même le coût des mariages, hors de prix au Japon.

Je commençais à avoir trop bu, ce qui, ajouté à ma fatigue et à ma « descente » d'adrénaline, m'encouragea à passer souvent mon tour dans la conversation. La petite voix dans ma tête continuait de me harceler : « Fais gaffe où tu mets les pieds, ne parle pas trop, ne ris pas trop. Arrête de boire, tu es assez bourré et tu vas faire une connerie alors que tout baigne. Prends modèle sur Tanaka. C'est lui le mâle alpha. » Pour l'anecdote, M. Tanaka devait mesurer un mètre soixante-cinq et peser dans les soixante kilos tout habillé.

Des études de psychologie le démontrent, les hommes flairent aussitôt le mâle dominant dans un groupe masculin, entre autres à l'attitude subtile des autres vis-à-vis de lui. Bien entendu, ils n'aiment pas se l'avouer et ne le formulent pas ainsi. Dans une meute de loups, les dominés baissent la queue et la tête. Dans une meute humaine professionnelle, ils essaient de se faire bien voir du chef en lui donnant raison et en copiant son attitude. Ce que je fis ce soir-là, comme Brett et les autres banquiers. J'aurais bien sûr insulté le premier qui m'aurait balancé que je me comportais en loup oméga, dominé. J'aurais rétorqué en riant, fier de mon cynisme, que je me contentais de cirer les bottes de M. Tanaka pour décrocher un gros financement. Avec le recul, je sais maintenant que je me serais encore menti à moi-même.

Qu'est-ce qui fait un mâle alpha, ou une femelle alpha, puisqu'il paraît que certaines meutes sont parfois menées par une femelle ? La vraie puissance. C'est l'animal assez fort et brave pour préserver la meute. Uniquement pour cela, même si le loup ne le sait pas. Il ne s'agit pas d'une imbécile domination, comme chez les humains, mais de préservation. D'ailleurs, c'est l'animal dominant qui se bat en premier lorsque la meute est menacée. Et puis, un jour, il vieillit et un ex-dominé relève la tête et lui file une raclée, prouvant qu'il est devenu le plus fort. Le combat s'arrête là. Il s'agit simplement d'une importante démonstration pour la survie du groupe, pas d'une revanche ni d'un règlement de comptes. Un nouvel animal puissant peut alors veiller sur la meute. Évidemment, à l'époque, au cours de cette réunion puis de cette soirée, l'éternelle équation s'était formée dans mon esprit : M. Tanaka était le mâle alpha, parce qu'il était puissant, parce qu'il était richissime. Il ne me serait jamais venu à l'idée qu'elle puisse être inversée.

De fait, au fil de mes rencontres remarquables et durables, je devais peu à peu découvrir que M. Tanaka était puissant « socialement » parce qu'il était puissant dans son esprit. Rien d'autre, et tout découlait de là.

La soirée au Parrot's View traîna un peu en longueur et se termina sur un excellent cognac. Nous nous quittâmes sur le parking comme les meilleurs amis du monde. J'étais maintenant vraiment imbibé, si épuisé que je n'avais même plus envie de dormir.

Mark, un des banquiers, un gars qui devait avoir 30 ans, s'attarda un peu, hésitant. Après le départ des autres voitures, bien plus sobre que moi, il me proposa en riant :

— C'est un peu bête de terminer la soirée comme ça, non ? D'autant qu'on ne se lâche pas vraiment dans ce genre de circonstances. On est toujours sur ses gardes. Je connais une boîte sympa qui vient d'ouvrir, l'Hidalgo. On se boit un verre ? Détente ?

J'aurais dû refuser, ce que je ne fis pas.

Par mesure de prudence, nous prîmes sa voiture avec moi dans le rôle du passager, Mark m'ayant précisé que les lois californiennes sur la conduite en état d'ébriété étaient du genre très sévère. Il me raccompagnerait jusqu'au parking après notre « détente » ou me ramènerait à l'hôtel selon mon état.

Mark se lâcha assez vite une fois derrière le volant. En dépit de mon esprit embrumé, je compris à ses allusions qu'en plus d'une ambiance chaleureuse et d'une bonne musique, l'Hidalgo était un *hang-out* de jolies Latinos « chaudes et sans prise de tête » qui, sans être complètement des professionnelles, arrondissaient leurs fins de mois avec des clients. Il balança une pichenette à la boîte à gants qui s'entrouvrit et proposa en riant :

— Préservatifs ? Goût fraise ou chocolat ? C'est plus encourageant que le goût du latex.

À cette époque-là, je ne m'étais jamais interrogé sur la prostitution, bien qu'y ayant eu recours deux ou trois fois au cours de mon adolescence. C'était le plus vieux métier du monde et on payait pour un service, pour peu qu'on n'en profite pas pour humilier ou maltraiter une fille. Pas de quoi en faire un plat. En réalité, la seule chose qui me gênait, à titre personnel, était de devoir payer, alors que je me jugeais assez séduisant et convaincant pour coucher gratuitement.

Le seul aspect qui me préoccupa cette nuit-là se résumait à mon alcoolémie. Je n'étais pas certain d'arriver à quoi que ce fût dans mon état.

De fait, l'Hidalgo était un endroit très sympa, bien que terriblement bruyant et bondé d'une clientèle assez jeune, dont, sans doute, une fraction non négligeable n'avait pas l'âge légal pour y pénétrer. Il fallait quasiment crier pour se faire entendre et l'odeur qui y flottait, mélange de parfums et de transpiration, me soulevait le cœur, sans oublier tout l'alcool ingurgité. La loi antitabac était déjà en vigueur dans les bars et boîtes depuis quelques années en Californie. Bien que non-fumeur, à part un petit havane de temps à autre, je reconnais un avantage au tabac : ça atténue les odeurs corporelles dans les lieux clos où des gens s'agitent. La tête me tournait et je songeais à nouveau que je devrais rentrer à l'hôtel. Mais ma voiture se trouvait toujours sur le parking du Parrot's View. Les verres se succédèrent, Mark semblant fermement décidé à célébrer le deal juteux. À un certain moment, je perdis un peu le fil des événements. Je me souviens à peine avoir été remorqué jusqu'à la voiture par Mark et deux jeunes filles qui rigolaient comme des folles. Sans doute me suis-je assoupi durant le voyage jusqu'au parking de Sausalito où j'avais abandonné ma Mercedes de location. Je garde un vague souvenir d'un Mark hilare, me conseillant :

— Mon vieux, je crois que tu es cuit. Il vaut mieux que tu n'essaies pas de rentrer tout de suite. Le restau est fermé, et il n'y a personne alentour. Une banquette arrière, c'est cool. Ça te rappellera ta jeunesse. N'oublie pas le préservatif. On se téléphone demain.

Il me planta là et repartit avec l'autre fille. Je bataillai avec ma ceinture et ma braguette, aidé par Marissa. Ce que j'avais prévu arriva et il devint vite évident que la banquette arrière ne servirait pas à grand-chose, sauf à cuver ma cuite, à moins d'une aide experte et dévouée. Marissa était jolie, menue et souple. Après une série d'acrobaties, elle opta pour le parfum chocolat. Nous en arrivâmes aux choses sérieuses. Je commençais à me sentir vraiment très bien, lorsqu'un torrent lumineux me fit cligner des yeux. Marissa poussa un couinement de panique, se releva en se cognant la tête à la carrosserie et se précipita vers la portière épargnée par la lumière. Elle sauta à l'extérieur de la voiture, disparaissant à la vitesse de l'éclair.

Je crois que de ma vie je ne me suis jamais senti aussi c… crétin. À moitié allongé sur une banquette, le froc sur les chevilles, je vous passe les autres détails, avec deux flics grands comme des armoires à glace me détaillant d'un air peu amène. Ils ne firent même pas mine de poursuivre Marissa. Ainsi que je l'appris ensuite, dans ce genre de situation, c'est le client qui morfle. Avis aux amateurs de sensations fortes ! J'eus droit à la déclaration Miranda[1], ayant presque l'impression de me retrouver dans une série TV. Devant mon air abruti d'ivrogne, un des flics se tourna vers son coéquipier et décida :

— Bon, avocat commis d'office. Ce mec a pas l'air de comprendre un traître mot de ce qu'on lui raconte.

Je fus littéralement soulevé et balancé à l'arrière d'une voiture de police lorsqu'ils comprirent, à mon débit, que j'étais trop saoul pour tenir sur mes jambes. Première étape, le poste de police. Deuxième étape, une cellule en attendant l'étape finale : le passage express devant un juge pour « exposition et conduite indécentes, sous l'emprise de l'alcool et dans un lieu public ». J'aurais sans doute pu demander de téléphoner à quelqu'un, mais à qui ? Certainement ni à Brett

1. Prononciation d'un avertissement lors de l'arrestation d'un individu, lui signifiant notamment son droit de garder le silence et le droit de bénéficier d'un avocat.

ni à Mark. Je n'avais pas envie que Tanaka apprenne ma « conduite indécente ».

Il devait être 8 heures du matin lorsqu'on me propulsa dans une salle d'audience attenante aux locaux de la police, bourrée comme un œuf de petits délinquants ou de criminels, voire de pochtrons dans mon genre ou de types qui auraient dû être transportés aux urgences psychiatriques d'un quelconque hôpital, pas devant un tribunal. Je crois que je n'oublierai jamais l'odeur de cette humanité en perdition, amplifiée par l'absence de climatisation. Le jus de crasse, de sueur, d'échec, de trouille d'une cinquantaine de types et de quelques femmes. Le point commun de la plupart ? Être arrivé au bout du rouleau après une existence de merde dont je n'avais nulle envie de savoir ce qui avait pu la provoquer.

Dessoûlé, menotté, une effroyable migraine cognait contre mes tempes. Mon avocat commis d'office, qui devait encore sucer sa tétine entre les plaidoiries tant il semblait jeune, se présenta. Il avait la voix molle et lasse du gars qui préférerait se faire extraire toutes les dents de sagesse sans anesthésie plutôt que de se trouver là. Ce coup commençait à sentir très, très mauvais. Lorsque je découvris le juge – une Afro-Américaine d'une cinquantaine d'années, qui avait l'air tout, sauf commode –, un affreux pressentiment m'accabla. On peut espérer d'un autre homme une certaine compréhension en matière de sexe rémunéré. D'une femme, c'est beaucoup plus rare.

Les jugements se succédèrent à raison d'un toutes les cinq minutes, conclu par un coup de marteau autoritaire de Madame le juge. Lorsque vint mon tour, mon avocat s'embourba dans des explications vaseuses, d'où il ressortait qu'étant français, pas au fait des lois de l'État de Californie, je n'avais pas perçu à quel point mon comportement était inacceptable. Madame le juge, S. Griffin d'après la plaque posée devant elle, lui lança un regard qui aurait dû le pétrifier sur place. Grande et maigre, elle n'avait rien d'une beauté avec ses cheveux très courts, ses petites lunettes rondes et son visage émacié. Mais un truc étrange émanait d'elle. Une sorte de… certitude est le mot qui s'imposa à moi. Elle balança d'un ton ironique :

— Ah bon ? Parce qu'en France, se faire tailler une pipe tarifée dans un endroit public, exposé aux regards de tous, c'est permis ?

Je décidai qu'il fallait faire quelque chose, et vite, et demandai respectueusement à Madame le juge S. Griffin la parole. Lèvres pincées, la mine peu encourageante, elle accepta néanmoins. Mon avocat voulut encore la ramener et je lui balançai :

— *Shut up !*

J'expliquai :

— Votre honneur, j'étais très soûl…

— Et ? C'est une excuse ? On vous a forcé à boire déraisonnablement ?

— Non, votre honneur.

— Et ?

— Il faut que je vous explique… Je devais conclure hier un marché très important… vital… Je me suis endetté jusqu'au cou et, si ça se passe mal, je ne m'en remettrai pas… En plus, j'ai entraîné mon meilleur ami dans ce projet.

— Du coup, vous avez payé une fille pour un *blow job* sur le parking d'un restaurant ? Je ne saisis pas le lien.

— Non… Je n'ai presque pas dormi de deux nuits… j'ai trop bu, c'est certain… j'étais si tendu… ce projet est tellement, tellement vital…, répétai-je. Il fallait que j'impressionne mes investisseurs, que je les séduise, que j'arrive à les convaincre…

Pour la première fois, elle me jeta un regard presque cordial, au point que je compris que j'avais l'air pathétique. Le pauvre mec acculé.

— Écoutez… je n'ai jamais commis aucun acte contraire à la loi… à part me garer où il ne fallait pas… Bon, là, c'est une grosse erreur… Je suis désolé, vraiment…

Elle me considéra d'un air grave durant quelques instants, réfléchit puis souffla en déclarant :

— Monsieur… Paul Lamarche, c'est ça… la peur est toujours mauvaise conseillère… Estimez-vous heureux. Si la jeune femme avait été arrêtée et s'était révélée mineure, vous écopiez d'une peine de prison… substantielle. (Elle s'interrompit, réfléchissant, puis :) Huit jours de travaux d'intérêt public, logé aux frais de l'État de Californie après vos heures de travail.

Coup de marteau.

Mais je n'avais pas eu peur. J'étais stressé au possible, voilà tout !

— Affaire suivante !

Je voulus protester, mais mon minable avocat me tira par la manche en murmurant d'une voix précipitée :

— C'est clément, surtout de sa part. Ne tentez pas le diable.

Quelques heures plus tard, je me retrouvai en slip dans la salle de fouille d'une des prisons du comté, située à proximité du Palais de Justice. Deux gardes me firent signer l'inventaire de mes maigres affaires et l'un me tendit un uniforme de taulard. L'épuisement et la fin de cuite aidant, je ne réalisais pas complètement que moi, Paul Lamarche, gentil citoyen français, qui n'avait pas grand-chose à se reprocher même s'il n'avait pas non plus grand-chose qui puisse le rendre fier, j'allais me retrouver derrière les barreaux. Pas même lorsque l'on me poussa dans un couloir bordé des deux côtés de cellules dont chaque locataire m'accueillit avec des salves d'injures et d'obscénités comme je n'en avais jamais entendu. Pas même lorsqu'un gardien me propulsa dans l'une d'entre elles en s'esclaffant :

— Paraît que les Français apprécient les galipettes. *Be my guest*[1] !

La cellule, exiguë, me parut d'abord vide jusqu'à ce qu'une énorme masse se soulève de la couchette du haut. Un Black d'une petite trentaine d'années, qui devait mesurer pas loin de deux mètres et peser dans les cent cinquante kilos… de muscles. Il s'installa sur le bord de la couchette, ses jambes immenses pendant dans le vide, et me considéra, sans expression, sans un mot. Il portait ses cheveux très ondulés mi-longs, évoquant un métissage indien, ce que semblaient

1. « Sois mon invité. »

confirmer des pommettes saillantes et des yeux étirés vers les tempes.

Bon, j'aurais pu baptiser ce que je ressentais un gros stress, une postcuite, un début de grippe… En fait, une trouille effroyable me serra la gorge. Je savais par mon pathétique avocat que, faute de place, on collait en cellule de petits délinquants avec de très très méchants criminels. Maître Nul-de-Chez-Nul m'avait conseillé avant de me quitter :

— Fermez votre gueule, jouez-la profil bas. Vous n'avez que huit jours à tirer. Inutile de vous faire tabasser, voire tuer avant. Certains de ces mecs sont de vrais fondus, des tueurs qui vous égorgeront pour un regard de trop. Ne les regardez jamais dans les yeux et, surtout, ne la ramenez pas.

Il avait l'air très sérieux.

Osant à peine lever les yeux vers cette espèce de bonze d'ébène qui me fixait, impavide, les pires images se succédèrent dans mon esprit, notamment celle du Frenchy qui ne fait vraiment pas le poids, se fait tabasser et imposer des sodomies et fellations en série.

Je pris mon accent franchouillard pur jus, pour bien montrer que je n'avais rien à voir avec les griefs des Afro-Américains vis-à-vis des Blancs américains, espérant que ce type n'avait jamais entendu parler de notre lucratif négoce de négriers franco-français. Me souvenant des paroles de maître Nul-de-Chez-Nul, et puisque dans une meute de loups un dominé ne regarde jamais dans les yeux un mâle alpha, ce qui équivaudrait à une provocation, je déclarai, les yeux baissés :

— Euh… je suis français… de Paris… J'étais avec une fille… pute… en voiture et… enfin… j'ai été arrêté… huit jours de travaux d'intérêt public… Je m'appelle Paul… Si vous venez un jour à Paris… je vous ferai… visiter la capitale avec plaisir… C'est une très belle ville et…

Le type me fixa comme si je venais de lâcher un pet répugnant. Il s'échoua comme une baleine sur sa couchette, se retournant vers le mur.

Je me serai volontiers collé deux baffes. Putain, quel merdier, quel c… Autant l'avouer, je faisais dans mon froc. La phrase de la juge S. Griffin me revint : « La peur est toujours mauvaise conseillère. »

Facile quand on est tranquillement assise derrière son bureau de magistrat, qu'on a le pouvoir et qu'on peut jouer avec son petit marteau !

Je m'installai sur la couchette du bas, tellement paniqué que je n'osai pas pisser dans la cuvette en Inox brossé scellée dans un coin de la cellule, non loin d'un petit lavabo. J'avais horriblement soif et la peur me faisait transpirer. J'attendais, en le redoutant, le moment où la tonne de muscles allongée au-dessus de moi allait me tomber sur le poil. Une heure plus tard, n'y tenant plus, je me levai en faisant le moins de bruit possible, espérant que mon codétenu s'était endormi.

J'étais en train de me soulager, humectant mes lèvres desséchées de ma langue, lorsqu'un choc sourd me fit bondir sur le côté. Mister Montagne venait de sauter en bas de sa couchette.

J'étais athée, mais je suppliai toutes les divinités

du monde de sauver la peau de mes fesses, c'était le cas de le dire.

Un coup sur ma hanche me fit pratiquement tomber, et, le pénis à l'air, j'entendis :

— T'avise pas de toucher à mes affaires de toilette ! T'as pas de dentifrice ou de brosse à dents ? Le savon et ton doigt. Si t'as un peu de thunes, tu peux demander au gardien de te les acheter au magasin. Mais tu touches pas à mes affaires !

— Non, non, bien sûr !

L'idée ne me serait même pas venue à l'esprit. Il remonta aussi vite sur sa couchette et ouvrit un livre. Je n'osai même pas lever les yeux pour en déchiffrer le titre. Je terminai d'uriner et bus longuement au robinet du lavabo.

Je ne détaillerai pas les huit jours suivants. Ce serait trop long et ce n'est pas l'objet de ce récit.

Disons juste, pour l'anecdote, que le lendemain, vers 5 heures du matin, un vacarme de cliquettements métalliques me tira d'un sommeil de plomb. Pourtant, je me serais cru incapable de fermer un œil tant la perspective d'un viol par une armoire normande black me terrorisait. On nous servit ce qu'on pourrait appeler avec beaucoup d'optimisme un petit déjeuner. Mon « compagnon » de cellule ne desserra les dents que pour ingurgiter son plateau. Puis, vers 7 heures, un gardien vint me chercher sous l'œil parfaitement indifférent de Mister Montagne.

Armé d'une pique et d'un énorme sac-poubelle orange, je fus affecté au ramassage des déchets abandonnés par les sagouins dans des parcs et des centres commerciaux. Je rentrai à 7 heures du soir pour retrouver mon « compagnon » mutique. Certes, je savais que je ne devais pas même frôler ses affaires, mais il ne prononça pas d'autre phrase de plusieurs jours. Il lisait, dormait, enchaînait des centaines de pompes les unes derrière les autres, procédait à ses ablutions. Quelques clins d'œil à la dérobée me renseignèrent : ce type était gaulé comme un athlète et monté comme un âne, ce qui n'arrangea pas mon angoisse.

Après ma première nuit-sommeil de plomb, résultat de l'épuisement, je dormis très mal, me réveillant en sursaut dès que Mister Montagne se retournait ou ronflait ou se levait. Au réfectoire, je me faisais aussi invisible que possible, avalant une bouffe absolument immonde. Un truc me frappa vite. Zach – le petit nom de Mister Montagne – n'adressait la parole à personne. Il ne faisait pas particulièrement la gueule et n'était pas non plus « avenant ». Il ne jouait pas des pectoraux, dans ce lieu – pourtant pas la pire des prisons de Californie, loin s'en fallait – où les guerres de pouvoir faisaient quand même rage, où, chaque matin ou presque, un type avait le visage tuméfié… un malencontreux accident. On peut porter plainte contre un type qui vous a collé une grosse beigne lorsqu'on est « civil ». Mais, en prison, il vaut mieux affirmer avoir glissé sur le carrelage. Zach s'asseyait, mangeait, se douchait et regagnait sa cellule. Les autres, même les petits caïds qui rackettaient les plus faibles, leur refaisant le portrait quand ils avaient le mauvais goût de protester, le saluaient de « Ça baigne, Zach ? », « Ça va, mon pote ? », ou dans la douche : « Passe avant, j'suis pas pressé ». Les gardiens y allaient d'une amabilité à son égard. À quoi Zach répondait d'un éternel hochement de tête, sans l'ombre d'un sourire.

Avec le recul, je suis certain que j'ai joui d'une paix spéciale au cours de ces huit jours, juste parce que je partageais sa cellule et que je me débrouillais pour ne pas le quitter d'un pas, au réfectoire, dans les douches ou en salle de bibliothèque, alors même qu'il me foutait la trouille.

Ces premiers jours furent finalement assez indolores. Le travail de piqueur de canettes, de vieux emballages de hamburger ou de capotes usagées n'était pas très fatigant et n'exigeait certainement pas une concentration extrême. Je m'occupais donc en montant, démontant, remontant en imagination des packs « voyage médical » aux quatre coins de la Terre, en envisageant toutes les difficultés auxquelles je devrais faire face, toutes leurs solutions. Mes quatre compères de la banque – M. Tanaka ne pouvant être ainsi qualifié – devaient s'étonner que je ne les rappelle pas sitôt rentré en France. Je décidai de tricoter une excuse plausible dès que je serais sorti. Bien sûr, dès que je réintégrais mes pénates de taulard, le stress et la pétoche me serraient à nouveau la gorge. À l'évidence, Zach n'avait aucune envie de causette, et je m'appliquais donc à être transparent.

À l'issue du troisième jour, ayant sans doute fait preuve d'un exceptionnel talent dans le ramassage des ordures municipales, je fus affecté à « l'aide aux piétons et aux visites aux personnes fragiles ». C'était moins fatigant pour le dos de faire traverser des hordes de bambins se rendant à l'école. Le reste m'amusait moins, beaucoup moins. Aller porter les repas de « charité » à des vieux ou des handicapés, leur faire un peu de ménage, les aider à se laver, à faire quelques pas – fliqué, une assistante sociale passant le soir pour s'assurer que le boulot avait été correctement effectué –, se révélait déprimant au possible. D'un autre côté, je n'avais pas été condamné à une semaine tous frais payés à Disney World. J'eus à m'occuper de deux vieillards impotents, d'une énorme diabétique qui s'empiffrait de sucreries en me donnant des ordres d'un ton aigre et en déblatérant sur ses médecins, tous des nuls, d'un gamin attardé vivant seul avec sa mère et de Mme Tess, cancéreuse en phase terminale. Sa fille l'avait reprise chez elle, n'ayant plus assez d'argent pour payer l'hôpital. Je détestais aller chez Mme Tess, ce presque cadavre décharné, criblé de tuyaux qui la maintenaient, non pas en vie, mais en agonie. Bourré d'analgésiques, son esprit errait dans un monde qui n'était plus tout à fait ici, pas encore là-bas. Je le répète, j'étais athée à l'époque. Je détestais encore plus lorsque sa fille nous rejoignait, se plantait au pied du petit lit, blême, refoulant ses larmes, murmurant :

— *Mummy... Darling... can you hear me ?... I love you, mummy... I miss you so much... already*[1].

Se tournant vers moi, elle continuait invariablement d'une voix tremblante :

— C'est une femme... si merveilleuse... et je ne

1. « Maman... Chérie... Est-ce que tu m'entends... Je t'aime, maman... Tu me manques déjà tant... »

dis pas cela parce que c'est ma mère… un être de lumière… il en existe peu… C'est effroyable lorsqu'ils partent…

Le soir du septième jour, veille de ma libération, ma dernière tâche consista à me rendre chez Mme Tess afin de changer ses draps et de la laver. Lorsque j'entrai dans la petite chambre qui sentait la mort, la souffrance et les excréments, je restai cloué par la stupéfaction. Mme Tess était assise dans son lit, frêle oiseau qui n'avait plus que la peau sur les os, les cathéters de ses perfusions diverses et variées arrachés, gisant au sol. Pour la première fois lucide depuis que je lui rendais visite, elle déclara d'une voix étonnamment calme et ferme :

— *There is nothing to be afraid of, son. Tell my daughter I love her more than anything.* (Elle tendit vers moi ses bras squelettiques, criblés d'hématomes et de marques de piqûres, et sourit :) *Please, hug me. I am going now. Nothing to be afraid of*[1].

Durant une fraction de seconde, je résistai à l'envie de fuir. Je n'avais jamais vu personne mourir. Comme pas mal de gens, j'avais peur de la mort, de ses manifestations. Et puis, je ne sais pas… une sorte de main très puissante mais amicale me poussa dans le dos. Je m'assis sur le bord du lit et pris la vieille dame entre mes bras, très doucement, afin de ne pas lui faire mal. Elle posa sa tête contre mon épaule. Je lui parlai longtemps en français. Je

1. « Il n'y a rien d'effrayant, petit. Dis à ma fille que je l'aime plus que tout. S'il te plaît, serre-moi dans tes bras. Je m'en vais. Rien n'est effrayant. »

ne me souviens pas de ce que j'ai pu lui raconter. Ça n'avait d'ailleurs aucune importance. Un long soupir de soulagement. Puis elle s'affaissa contre moi. Morte, au-delà des souffrances, enfin. Je l'allongeai ensuite, me demandant ce que je devais faire. Croiser ses mains en prière ? D'un autre côté, je n'étais pas certain qu'elle fût chrétienne. Je restai là, assis à côté d'elle.

Lorsque sa fille rentra, je lui expliquai les derniers instants doux de sa mère et lui rapportai ses paroles. Je m'attendais à une explosion de chagrin. Il n'en fut rien. De belles larmes dévalaient de ses paupières mais elle souriait. Elle me raccompagna à la sortie en me remerciant, m'embrassa en déclarant d'une voix paisible :

— *People we love never die, Paul. Didn't you know that*[1] ?

Mes gardiens de jour me raccompagnèrent à la prison. Je pris mon dîner au réfectoire puis suivis Zach, qui ne m'avait toujours pas adressé la parole depuis sa mise en garde concernant ses affaires de toilette. Je n'en avais presque plus peur puisqu'il n'avait manifesté aucune velléité de s'octroyer ma virginité encore intacte vis-à-vis du sexe masculin. Je m'assis sur ma couchette pendant qu'il se lavait les dents. Je ne sais absolument pas ce qui me prit : je fondis en larmes. Je n'avais pas pleuré, je crois, depuis le décès de ma mère.

Une main large comme un battoir se posa avec

1. « Les gens qu'on aime ne meurent jamais, Paul. Vous ne le saviez pas ? »

une stupéfiante délicatesse sur mon épaule, et Zach s'accroupit à côté de moi.

— Parle. Raconte.

Tout y passa ou presque, durant ce qui me parut des heures. La mort de ma mère, puis de tante Catherine, Mme Tess, la jeune pute, mon boulot de merde en France, les banquiers, le deal, Tanaka. Il écouta, sans jamais m'interrompre. Je n'osais pas lever le regard. Soudain, il se releva et déclara en riant :

— Et, en plus, tu as cru pendant des jours que j'allais te mettre. Je sentais ta peur qui remontait jusqu'à ma couchette. Cette vieille dame, Mme Tess, elle a raison. Tu ne dois pas avoir peur, petit. La peur est en toi. C'est toi qui la sécrètes. Bon, je ne dis pas que dans la jungle, face à un fauve déchaîné, ou même dans une jungle urbaine face à un vrai fondu, il ne faille pas avoir peur. La vraie peur est une bonne chose, elle permet d'apprécier le danger et de réagir vite. Mais elle est rare. La fausse peur, la plus commune, cette peur qu'on se fabrique pour des raisons stupides, te tue. Tu vis mais tu es mort, terrorisé dans ta tête. Elle t'empêche de réagir correctement, elle te fait faire des tas de conneries ou t'empêche de faire ce qui compte. En plus, elle te transforme en cible, une victime avant l'heure. Un mec qui a peur, et ça vaut aussi pour les nanas, ça se voit, ça se renifle et ça donne envie aux tordus, qui ne s'attaqueraient jamais à plus fort qu'eux. Ils te sautent à la gorge, juste pour prouver qu'ils te dominent. Je vois ça tous les jours… Je suis prêtre. Dans un quartier « difficile », comme on dit. Tenderloin.

Il m'aurait avoué qu'il était *prima ballerina* en tutu que j'aurais été moins stupéfait. Après quelques secondes de flottement, je demandai :

— Et pourquoi tu es là ?

— Une banale histoire, du moins d'où je viens.

PÈRE ZACHARY LAMONT, YODA ZACH

Nous parlâmes jusqu'au petit matin. J'étais fasciné, bouleversé, ne regrettant qu'une chose : qu'on n'ait pas un bon café à se partager.

Je préfère le dire tout de suite et je n'en suis vraiment pas fier : ce fut bien la première fois que la vie de quelqu'un m'intéressa davantage que la mienne. Parfois, des gens vous racontent leur histoire et vous songez : Oh, celui-là charge pas mal la mule. Le plus souvent, il s'agit de notre part d'une réaction de défense face à l'horreur commune et banale de certaines existences. Difficile à digérer que des enfants se fassent maltraiter, torturer, violer, vendre par des parents. Ou des femmes par leur mari. Et pourtant, nous le lisons chaque jour dans la presse.

Le ton monocorde, sans emphase, pressé même, du père Zach n'autorisait pas à mettre en doute ses paroles. D'ailleurs, il n'avait pas très envie de parler de son passé et je dus le pousser dans les confidences en lui posant maintes questions. Il était surtout désireux d'en arriver à ce qui comptait pour lui : sa vocation et son présent, les êtres qui l'entouraient. Au fur et à mesure de son récit, je compris qui étaient ces « êtres qui l'entouraient » : des gens qui s'accrochaient à lui pour ne pas déraper complètement, parce qu'il ne leur restait plus d'autres branches auxquelles se retenir. Mais je voulais tout savoir sur Zach. Sans doute avais-je perçu, de façon intuitive, que le cheminement importe autant, sinon plus, que la destination. Malheureusement, j'étais encore loin du moment où je comprendrais que Zach était le début de mon chemin et mon premier guide, mon premier semeur de graviers.

Zach avait été récupéré par la brigade des mineurs de San Diego, dans Lamont Street, alors qu'il traînait dans les rues. Il avait sept ans. Deux ans plus tôt, sa mère était malencontreusement tombée par la fenêtre après s'être à nouveau fait cogner par son mari. Zach avait prétendu ne pas connaître son nom de famille ou son adresse. Il ne voulait surtout pas rentrer chez lui. Son père, alcoolo cogneur, cavaleur, que cet enfant exaspérait, n'avait fait aucune démarche pour signaler sa disparition. D'ailleurs, ne l'ayant jamais revu, Zach ignorait s'il était vivant ou mort.

Zach Lamont avait donc été baladé de familles d'accueil en foyers. Bagarreur, menteur comme un arracheur de dents, habitué des petits larcins, tête de pioche et déjà mini-Mister Montagne, les choses se présentaient assez mal pour lui. Jusqu'au jour où il avait atterri chez une veuve d'une bonne soixantaine d'années, une catholique à poigne, qui n'avait pas l'intention de s'en laisser conter par un gamin de douze ans, aussi baraqué fût-il.

— Au début, je ne l'aimais pas du tout. En plus, c'était une Blanche, donc, dans ma tête, une bonne femme qui allait me faire tremper dans l'eau de Javel pour que je perde ma couleur et que je devienne un faux Blanc. Le jour où je lui ai balancé ça, ça faisait juste quelques jours que j'étais chez elle. Putain, mec, elle m'a retourné une tarte, je n'en revenais pas ! Je ne pouvais pas la cogner en retour. C'était une femme et une vieille. Et puis, peu à peu, j'ai compris des trucs, surtout quand son fils est venu passer Noël. Ce n'était pas tellement pour arrondir sa pension de retraite qu'elle avait pris un gosse comme moi, ni parce qu'elle avait une passion démesurée pour les enfants. C'était pour… passer quelque chose à quelqu'un, en plus de son fils, Bernard. Un mec étonnant, Bernard. Je ne sais pas pourquoi, mais soudain, à les voir tous les deux, j'ai eu le sentiment que, si je ne saisissais pas cette chance au vol, j'étais foutu.

— Et alors ?

— Je n'étais pas du genre très causant. Mais un matin, j'avais 13 ans je crois, *auntie* Susan, c'est comme ça que je l'appelais, m'a dit : « Mais de quoi t'as peur, mon gars, pour être un tel bâton merdeux ? » Je l'ai envoyée sur les roses. Moi, peur ? Ça va pas la tête, non ? Je pouvais défoncer le portrait d'un type de 20 ans ; d'ailleurs, ils ne s'y frottaient pas. Et puis j'ai commencé à regarder autour de moi au lieu de contempler mon nombril. J'ai remarqué comme tout le monde dans notre petite ville traitait la tante avec respect. Même les petits cons qu'elle rabrouait. Pourtant, elle n'était pas riche, ni très éduquée. En plus, elle était petite et menue. Mais il y avait un truc chez elle. Quand elle disait « non », c'était « non ». Tu pouvais hurler, la menacer, c'était toujours « non ». Un « non » calme, réfléchi, qui n'avait rien à voir avec un numéro d'autorité. J'ai compris que le plus fort de nous deux, c'était elle. Et ça m'a cloué.

Je ne me suis même pas rendu compte de ce que je lui demandais à cet instant-là :

— Parce que tu avais peur ?

Il a souri, le regard baissé, et j'ai senti qu'il revivait ce moment.

— Ouais. J'avais peur de tout. Mais j'ai mis un bout de temps à l'admettre. Je n'avais pas peur de prendre un pain ou d'en donner un, mais justement, si je les distribuais si volontiers, c'était par peur. Pour que, surtout, l'autre ne se rende pas compte que j'étais terrorisé. J'ai compris que auntie Susan n'avait peur de rien. Elle avait transmis ça à son fils, Bernard, c'est pour cela que, sur le moment, j'avais trouvé qu'il ressemblait à un alien.

— Tu le vois toujours, Bernard ?

— Je veux ! C'est mon frère. Plus que certains frères de sang. On a la même âme, même si tu n'y crois pas. Surtout depuis la mort de auntie Susan.

Je n'avais pas trop envie de rentrer dans un débat théologique et sa vie m'intéressait bien plus. Peut-être parce que je sentais inconsciemment que son histoire parlait aussi de la mienne.

— Et qu'est-ce que tu as fait, ensuite ?

— Ça a tourné dans ma tête pendant des semaines. Au fond, j'espérais m'être trompé. Tu vois, petit nul que j'étais, c'était vachement plus simple de penser qu'il suffisait d'être le plus fort, je veux dire physiquement, pour avoir la paix. Sauf que j'étais le plus fort de notre quartier et que je n'avais pas la paix.

Mais c'était moi-même qui me menais la guerre. Moi-même qui n'arrêtais pas de m'inventer des situations catastrophiques qui allaient me tomber dessus. Et donc, en essayant de réagir contre elles, de me défendre, eh ben… je me foutais dans la merde. Je me méfiais de tout le monde et même je détestais tout le monde puisque, un jour ou l'autre, ils allaient me trahir, me décevoir, me faire du mal.

— Sans doute à cause de ton père, fis-je, pataugeant dans la psychanalyse de bazar.

— Probablement, et alors ? Parce que j'étais issu du spermatozoïde d'un connard, j'allais foutre en l'air ma vie et celles de tous ceux qui m'approchaient ? Évidemment, à 13 ans, ce n'est pas comme ça que je pensais. D'ailleurs, ce n'est pas moi qui en suis arrivé là, c'est auntie Susan qui me l'a balancé, avec ses mots.

— Elle ne les mâchait pas, souris-je.

— Non, jamais. Quoi qu'il en soit, un soir, alors qu'elle fumait sa cigarette mentholée sous le porche, je me suis planté devant elle, genre petit coq buté. Je lui ai demandé : « Tu vas m'abandonner ? » Elle a répondu : « Non. C'est toi qui vas t'abandonner. – Je comprends pas. – Zach, tu as tellement peur que je te ramène aux services sociaux que tu me pourris la vie parce que comme ça je vais être forcée d'en arriver là. Du coup, tu n'auras plus peur puisque tu auras provoqué la situation. Tu pourras te dire que tu avais raison. Le seul problème, mon gars, c'est qu'il y aura encore une autre situation de peur derrière. Et encore et encore, toute ta vie. » Elle me rendait dingue, je ne voulais pas l'admettre. J'ai crié, mauvais : « Parce que toi, tu n'as jamais peur, peut-être ? – Non. Pourquoi j'aurais peur ? Je n'ai pas de raison d'avoir peur puisque le jour où un truc me tombera dessus, un vrai truc, je sais que je peux faire face. Avoir la peur dans sa tête, Zach, c'est ramper toute sa vie. Tu ne marches pas, mon gars, tu rampes, comme une larve. Un être humain ne peut pas ramper, même quand il ignore qu'il se traîne au sol. Ça le rend très malheureux. Et un être malheureux, c'est souvent quelqu'un qui rend les autres malheureux. Le pire des cercles vicieux. »

— Oh, ça cogne ! ai-je murmuré.

— Pas mal ! Franchement, elle m'aurait traité de négro, j'aurais pas été plus humilié, d'abord parce que je lui aurais craché à la figure. Mais là, j'avais l'impression qu'elle m'avait assommé avec une batte de base-ball. Tu sais pourquoi ?

— Parce qu'elle avait raison ?

— Ouais. J'en ai chialé toute la nuit dans ma chambre.

— Et ensuite ?

— Le lendemain, après l'école, j'ai foncé dans la cuisine. Elle préparait le dîner. Elle s'est essuyé les mains sur son tablier et m'a fixé, sans rien dire. Je t'assure que je me sentais péteux, dans mes petits souliers. J'ai demandé « Et qu'est-ce que je dois faire ? – Être toi. Mon gars, le passé est le passé. Ton père était une merde et on ne peut plus rien y faire. Tu veux continuer, et devenir comme lui ? Parce que, tu vois, je suis sûre que ton père crevait de trouille et que c'est pour cela qu'il cognait. Il avait peur et il en voulait à la terre entière d'avoir peur. Même si je suis d'accord que, pour vous, c'est bien moins facile que pour nous. Arrête d'avoir peur. Je te connais.

Le jour où ça te tombera vraiment dessus, tu agiras comme moi, comme Bernard : tu sauras faire face. Alors, arrête d'imaginer que ça va te tomber dessus. C'est un mauvais rêve qui te ronge l'esprit dans 99 % des cas. Quant au 1 % restant, le vrai, tu auras beau imaginer tout ce que tu veux, tu ne sauras jamais quelle forme ça prendra tant que ça ne surgira pas. Donc, pas la peine de baliser avant. »

— Comme ça, si j'examine ma vie, j'ai l'impression que c'est assez juste, admis-je.

— Bien sûr qu'elle avait raison. Mais ça ne me disait toujours pas ce que je devais faire, changer. J'ai insisté : « Ouais, mais ça veut dire quoi… enfin, je veux dire… » Elle s'est approchée et m'a caressé les cheveux. Faut te dire, Paul, qu'elle n'était pas du genre démonstratif, donc son geste m'a surpris. En réalité, elle était pétrie d'amour, dans le genre très ferme, mais ça ne passait pas par des câlins. Elle m'a dit : « Concrètement ? À 13 ans, tu sais à peine lire et écrire, alors que tu es intelligent, Zach. Tu crois que tu peux emmerder les autres, dont moi, leur prouver que tu n'as pas peur d'eux et qu'ils aillent se faire voir ? Tu te trompes. C'est toi que tu es en train d'emmerder et tu t'emmerderas toute ta vie. Tu files une raclée à Machin parce qu'il t'a regardé de travers ? Du coup, c'est toi qui es ridicule et on te déteste. Tu as peur qu'on ne t'aime pas, donc tu es odieux. Au moins, comme ça, tu comprends le rejet des autres et tu as l'impression que tu maîtrises la situation. Tu te goures, mon gars. Tu ne contrôles rien et surtout pas ta peur. » Je te passe la liste, Paul. Ça a duré une bonne heure.

— T'as changé d'attitude ?

— Oh, pas tout de suite. Il fallait bien que je résiste, que je m'entête. Petit à petit. Et c'est là que j'ai vraiment réalisé à quel point j'avais peur. Tu vois, j'avais formé comme une épaisse carapace autour de moi, persuadé que, comme ça, on ne pourrait plus me faire de mal. Mais qu'est-ce qu'on s'emmerde, qu'est-ce qu'on est seul, qu'est-ce qu'on a peur dans une carapace ! Alors je l'ai tout doucement entrouverte, m'attendant à me prendre une grosse claque. Et puis des gens ont commencé à me parler, à me sourire, à me demander des choses. Des profs ont commencé à me faire des compliments. Et j'ai compris. Attends, je ne te dis pas qu'on vit dans un monde fabuleux, peuplé de personnes animées de bonnes intentions. Je ne dis pas qu'il n'y a pas de vrais tordus.

— La philosophie Bisounours ? ris-je.

— C'est quoi ?

— Je t'expliquerai, continue.

— Il y a des foireux, des teigneux, des méchants. Mais les vrais, ceux qui sont méchants jusqu'à la moelle, bref irrécupérables, sont rares. Les autres ont peur et ils ne le savent même pas. Ils sont prêts à mordre, à faire mal pour oublier qu'ils crèvent de trouille, qu'ils ne sont pas puissants dans leur tête.

Le reste de la conversation suivit le même chemin. Nous en arrivâmes à sa vocation, cette illumination qu'il avait ressentie. J'avoue que j'étais imperméable à ce genre de trucs. Pourtant, je me rendis compte que je ne m'étais jamais senti aussi bien de toute ma vie. Dans une cellule de l'État de Californie, en compagnie d'un prêtre black, baraqué, environné par les cris, les beuglements de certains taulards qui jouaient à qui pissera le plus loin dans le couloir. Rébellion débile puisqu'ils seraient chargés du nettoyage dès le petit matin.

Je fus libéré le lendemain soir. Zach lâcha, juste avant mon départ :

— Tu sais où me trouver. Tu es toujours le bienvenu, mon fils. N'oublie pas : tout est déjà en toi. Il suffit de le laisser parler.

Le « mon fils » me fit un effet étrange, de la part d'un codétenu qui avait à peu près mon âge.

Cette longue, longue et étrange conversation avec Zach pesa sur mon esprit… trois jours. Le temps que je rentre à Paris, et que je reprenne contact avec Brett et les autres banquiers.

On apprend à marcher à petits pas, un pied devant l'autre. On tombe ? Pas grave. Ça arrive à chacun de nous. On se relève et on repart, pour ne jamais plus ramper.

Zach fut libéré quinze jours plus tard. Après tout, il avait une réputation de quasi-saint et il n'avait que défoncé le portrait d'un dealer qui avait pris pour cibles les gamins dont il s'occupait. Bon, d'accord, salement défoncé. Mais Zach s'efforçait de tirer les gosses d'une vie merdique, répétition de celle de leurs parents. Zach avait mis l'ordure de dealer en garde à plusieurs reprises. Ça avait fait rigoler le vendeur de mort. Un prêtre ! Un mouton tondu d'avance qui allait tendre l'autre joue. Grosse, grosse erreur de jugement. Zach protégeait les faibles, les paumés, les laissés-pour-compte et, pour ça, il faut être prêt à se battre.

Je ne veux surtout pas chercher des signes partout, surtout a posteriori. Quand même… quelle probabilité statistique y avait-il à ce qu'un Frenchy pas trop futé et pas mal bouché se bourre la gueule à San Francisco, échoue sur ce parking de Sausalito, se fasse (presque) tailler une pipe par une charmante nana puis qu'une patrouille de police débarque, et qu'il se retrouve en taule avec un prêtre noir, ce prêtre-là en particulier ? Je ne m'attardai pas sur cette impossibilité mathématique, genre, une chance sur six milliards d'êtres humains. Beaucoup moins que le Loto. D'ailleurs, je n'y pensais même pas.

J'écrivis deux ou trois fois à Zach, le mail et le portable ne faisant pas partie de son univers, je n'eus jamais de réponse. J'en fus un peu déçu, pas mal même. Et puis, Zach sortit de mes préoccupations, mais jamais de ma mémoire, ni de mon cœur, ainsi que je devais le découvrir bien plus tard.

À ce moment-là, je n'avais pas encore compris à quel point la vie de Zach ressemblait à la mienne. Du moins son début, puisque lui savait maintenant marcher sur ses deux jambes.

Yoda Tanaka, bien involontairement

Je rentrai donc. Benoît me tomba dessus, dès ma descente d'avion, furax. Il avait tenté de me joindre par tous les moyens, j'étais un dingue, un inconséquent, il mouillait sa chemise et même son slip dans cette affaire, etc., etc.

Mignon Benoît, qui s'empâtait à vue d'œil, et commençait à se dégarnir à même pas 30 ans, en resta bouche bée lorsque je lui racontai que je sortais de taule. Je lui narrai dans le moindre détail ce qui m'avait conduit dans une des prisons du comté : la cuite de célébration, Marissa, la presque fellation goût chocolat. Je fis un tabac. Benoît rigolait comme un fou en me filant de grandes tapes dans le dos. Je pense qu'il me voyait presque en grand aventurier baroudeur, lui dont la vie s'écoulait paisible et très ennuyeuse, rue de Rivoli.

Étrangement, lorsque nous rejoignîmes sa voiture au parking, je fus incapable d'évoquer le père Zachary Lamont. Sur le moment, j'aurais été infoutu de dire ce qui me retenait ! « Pudeur » aurait été un bien grand mot de ma part. Inexact, de surcroît. « Superstition ».

Je crois qu'il s'agissait d'une sorte de superstition. Non, non : je n'ai jamais cru qu'un chat noir porte malheur. L'adorable angora noire de Leonor, Bella, est d'ailleurs couchée sur mes genoux pendant que j'écris, ronronnant à la manière d'un hélicoptère en vol stationnaire. En revanche, Chewie, le grand rottweiler croisé, ne lâche jamais Leonor, qu'il surprotège (autre clin d'œil affectueux à *Star Wars*), au point qu'elle a toutes les peines du monde à s'enfermer dans les toilettes sans qu'il tente d'y pénétrer aussi. Je peux passer sous toutes les échelles de la Terre, sans l'ombre d'une hésitation. « Superstition » au sens de talisman secret, une sorte de grigri qu'on planque, un sens que je ne comprenais pas à l'époque. Bien sûr, je réécris peut-être l'histoire avec ce que je sais aujourd'hui. Mais je crois qu'il s'agissait vraiment d'une de ces superstitions personnelles, que nous avons tous. Quand quelque chose est trop incompréhensible, magnifique, heureux, plein de promesses, et qu'on ne veut pas en parler de peur que, du coup, ça n'arrive pas. Encore la peur. Mais là, c'est une belle peur, une peur de bonheur. Il faut protéger cette chose en devenir, alors même qu'on ne sait pas du tout vers où elle va, ni même si elle existe vraiment. Un peu comme une femme qui a un retard de règles, qui sent qu'elle est enceinte, mais qui ne veut en parler à personne, pas même acheter un test en pharmacie tellement elle craint que la promesse de bébé disparaisse comme sous l'effet d'un mauvais sort. Un truc de ce genre.

Leonor descendra un soir de son bureau, escortée de Chewie, rejetant vers l'arrière sa chevelure frisée, châtain cuivré. Elle sourira, repoussant d'un geste tendre et amusé le verre de vin que je lui tends, me disant :

— Je suis enceinte, Paul.

Je la fixerai, la gorge sèche, le cœur à trois cents à l'heure :

— Quoi ? Tu as fait le test ? Vu le gynéco ?

— Non. Je suis enceinte. Il ou elle est là. Je le sens.

Je la serrerai contre moi, fou de joie, bouleversé au point d'être incapable d'aligner deux phrases.

Elle était bien là, Maya, le plus beau jour de ma vie, la preuve par quatre que j'étais bien là, moi aussi, que j'avais fait tout ce chemin pour quelque chose de très, très important.

Oups, ça c'est le futur, encore lointain ! Pardon. Revenons à mon retour en France.

Bien sûr que je pensais parfois à Zach, à Mme Tess, au juge S. Griffin, à la prison de San Francisco. Pourtant, au fil du temps, cela s'apparenta de plus en plus à un souvenir de vacances, pas marrant sur le moment, mais attendrissant ensuite.

Je m'éclatais, du moins le croyais-je. Les incessants coups de téléphone entre les États-Unis et Paris, les projets de contrats de la Park Bank, les démarches, les fonctionnaires du ministère de la Santé à Paris, certains très encourageants, désireux d'aider, d'autres bouchés à la superglu et qui ne voulaient rien faire tant qu'ils n'auraient pas une circulaire surlignée, tamponnée du chef de service, les réunions avec des associations de protection des patients, les contacts internationaux pour trouver les meilleurs hôpitaux, les meilleures spécialités, les meilleurs praticiens que Benoît « expertisait ». Sans oublier une association à la gomme que je ne citerai pas mais dont j'ai cru que j'allais étrangler la présidente, du genre coincé, avec son visage de mulot hargneux. Dès l'instant où elle pénétra dans le bureau de mon agence de voyages, je la pris en grippe. Pleurnicharde mais teigneuse, elle tourna autour du pot, soupirant, semblant porter toute la misère du monde sur ses épaules maigres. Elle était moche, toute fripée de mal-être alors qu'elle ne devait pas avoir 40 ans. Je sais que ça ne se dit pas, dans un monde plombé par le politiquement correct. Mais, bon, une vraie fouteuse de merde ! Et je n'appellerai jamais cela une « contradictrice intéressante ». Je réserve le même commentaire aux hommes. Mme Casse-Bonbons, appelons-la ainsi, s'installa face à moi, l'air grave et peiné. Elle y alla d'un speech bien rodé, vibrant de pathos, sur le fait que notre petite société s'apprêtait à commettre une rare injustice. En effet, certaines personnes, notamment dans son association, n'auraient jamais les moyens de se faire soigner à l'étranger. Je restai calme, lui expliquant que, heureusement, grâce à la solidarité nationale, les pathologies lourdes et potentiellement mortelles, même rares, étaient prises en charge par la sécurité sociale en France, contrairement aux États-Unis.

— Mais même aux États-Unis, c'est une injustice scandaleuse, grinça-t-elle, mauvaise. Certains auront les moyens de se faire soigner à l'étranger, d'autres pas.

Mme Casse-Bondons poursuivit. Excédé, à mon tour scandalisé, je haussai le ton :

— Attendez ! Donc, selon vous, un patient qui n'a pas les moyens de se soigner aux États-Unis, mais qui le pourrait ailleurs, doit crever parce que, quelque part au Sahel, un pauvre bougre ne pourra pas obtenir de soins ? Une mère dont l'enfant a impérativement besoin d'une grosse chirurgie cardiaque, inabordable dans son pays, doit le laisser mourir, parce que ce n'est pas « juste » qu'elle puisse réunir assez d'argent pour le faire soigner à Bangkok ? Mais d'où vous sortez, là ? Vous avez mangé à midi ?

Elle me regarda, inquiète, les mains crispées sur ses cuisses. Je hurlai :

— Répondez ! Vous avez mangé à midi, hier, avant-hier ?

— Euh… ben… oui…

— Honte à vous ! Scandale ! Injustice ! Une personne meurt de faim toutes les quatre secondes dans le monde. Et vous avez le culot de manger ? Au nom de la justice universelle, vous devriez mourir de faim vous aussi. Non ? Alors arrêtez avec vos leçons de morale à deux balles et barrez-vous ! Barrez-vous !

Affolée par mon éclat, elle tremblait de tous ses membres. Je crus qu'elle allait fondre en larmes dans mon bureau. Mais j'étais en rogne et je m'en foutais.

J'avais raison, mais j'avais tort et je m'en suis voulu ensuite, longtemps après. Mme Casse-Bonbons était morte de trouille en dedans. Elle en voulait à plein de gens, dont moi, de cette peur qui l'empêchait de vivre, d'aimer, de s'aimer. Comme mauvais remède à sa peur d'inexistence, elle avait fondé cette micro-association qui devait regrouper trente membres, aussi aigris, peureux qu'elle. Ainsi pensait-elle sans doute « être enfin quelqu'un », oublier sa peur, faire quelque chose qui donne du sens à sa vie. S'associer à d'autres peurs afin d'oublier la sienne ou se convaincre qu'elle est normale, légitime et saine. La pire des stratégies, mais la plus classique.

Je n'avais pas encore compris que je venais de faire la même chose avec Benoît. Réunir deux pétoches pour se convaincre que « non, non, même pas peur ! ».

En dépit des emmerdeurs de tous poils, des blocages, de l'interminable paperasse, je m'éclatais, enchaînant les journées de boulot de plus de douze heures. Les perspectives financières étaient plus qu'excellentes. On allait vraiment se faire des c… en or. Quelle bagnole je m'offrirais ? Bon, il faudrait que je la joue gars qui réussit, plein aux as, mais avec la classe. Une Range Rover, peut-être. Ou alors une Audi, modèle luxe. Évidemment, j'allais aussi changer d'appartement. Une adresse de standing, c'est super-important. On invite les gros clients à boire un verre chez soi. 16e, 8e, 7e ? Ou alors le beau côté du 17e ? Peut-être Neuilly ?

Alors que je me débattais au milieu des listings, des projections, des investissements nécessaires et des assurances indispensables, Émilie, mon assistante qui me remplaçait au comptoir de l'agence, passa la tête par la porte de mon bureau.

— Paul… deux messieurs japonais… un certain… euh… Yousou… je ne sais plus… Okada… et l'autre ne s'est pas présenté.

Je pensai immédiatement à des collaborateurs de

M. Tanaka et me jetai sur ma veste abandonnée sur le dossier de mon fauteuil.

— Fais les entrer, bien sûr ! Tu peux nous préparer du café ? Sympa.

Quelle ne fut pas ma surprise, et mon émotion, lorsque M. Tanaka en personne pénétra, suivi d'un homme souriant, Yuusuke Okada, à peu près de mon âge. Je m'empressai de me lever pour les saluer, allant récupérer une chaise de secours pour Okada dans le recoin qui nous servait de penderie et de réserve, tout en expliquant à M. Tanaka à quel point j'étais honoré de sa visite. Il répondit par de petits hochements de tête et quelques clignements de paupières. Cet homme ne devait pas prononcer trois phrases à l'heure, sauf urgence vitale.

M'étant un peu renseigné sur le code de courtoisie et de préséances à la japonaise, j'attendis ses questions. Ce fut Okada qui les posa, ou plutôt qui la posa dans un anglais parfait :

— Monsieur Lamarche, M. Tanaka souhaiterait entendre vos avancées, vos perspectives à ce jour et les éventuels obstacles que vous rencontrez.

Un vague copain qui avait passé quelques mois au Japon, ce qui n'en faisait pas un expert, mais c'était mieux que rien, m'avait averti : aucune phrase ne devait mettre un japonais « important » en position d'embarras, comme devoir dire « non » ou le pousser dans une contradiction ouverte. Les introductions devaient être respectueuses, mais les phrases de « garniture » dont les Latins sont assez friands, qui ne servent à rien dans le domaine professionnel, n'étaient pas les bienvenues. S'ajoutait à cela ma mince connaissance des « décideurs ». Ne jamais arriver avec un problème sauf si l'on possède déjà la solution.

J'y allai donc d'une narration aussi courtoise et concise que possible. M. Tanaka hochait la tête sans jamais m'interrompre. Lorsque j'en eus terminé, j'attendis ses commentaires. Je m'étais super-bien débrouillé et un compliment m'aurait fait plaisir. Raté. Je compris ensuite que je ne méritais pas de compliments puisque j'avais réalisé ce que j'avais promis de faire. Bref, je compris que je me conduisais encore en petit garçon peureux qui quémande une approbation du grand chef. Au lieu de cela, M. Tanaka m'examina durant de longues secondes. Sans un sourire. Dans cet anglais que possèdent les Asiatiques d'un certain âge qui ont appris cette langue chez eux, un anglais aux mots sectionnés, presque monosyllabiques, il demanda soudain :

— Paul, pourquoi voulez-vous réussir ce projet ? Pourquoi vraiment ?

Il m'aurait demandé ce que j'avais ressenti à l'âge de huit mois, le jour de mon baptême, que je ne serais pas resté plus ahuri. Ben… pour être quelqu'un, réussir, gagner de l'argent. Me prouver que je le pouvais. Je cherchai fébrilement une formulation polie me permettant de l'expliquer. Enfin, quoi : les Japonais savaient parfaitement ce que signifiait « être quelqu'un, réussir, gagner de l'argent », ils y excellaient même !

— Pourquoi le tourisme médical ? insista-t-il.

— Euh… monsieur Tanaka… parce qu'il y avait un créneau à prendre, avant que les autres s'y engouffrent.

— Hum… Hum…

Les gens qui prétendent que les Asiatiques sont

indéchiffrables se fourrent le doigt dans l'œil. Il était clair comme le nez au milieu de la figure que M. Tanaka était déçu par ma réponse. Il se leva, aussitôt imité par Yuusuke Okada. L'entretien était terminé. Je me précipitai pour leur ouvrir la porte et les escorter vers la sortie.

Sur le pas de la porte, M. Tanaka déclara :

— Ma fille Hiroko, ma cadette, m'a parlé d'une femme de l'Alabama. Une certaine Mary-Jane Barton. À bientôt, Paul.

Dès qu'ils eurent disparu, je me précipitai vers mon ordinateur. Trois ans auparavant, Mary-Jane Barton, mère célibataire, avait tenté de ramasser de l'argent. Son fils, Joe, âgé de douze ans, mourait d'une hépatite toxique. Une greffe de foie aurait pu, sans doute, le sauver. Un organe compatible avait été trouvé, mais Mary-Jane n'avait pas de sécurité sociale et encore moins d'argent pour payer tout le reste, soit 40 000 dollars. Quelqu'un d'autre avait reçu le foie. Tant mieux pour lui, tant pis pour le petit Joe qui était mort.

Zach surgit dans ma mémoire. Je me sentis assommé comme si j'avais reçu un coup de batte de base-ball sur le crâne.

Je ramassai un à un les petits graviers que venait de semer M. Tanaka. Ce qu'il venait de ne PAS me dire était limpide : pourquoi ne pas trouver plutôt une nouvelle façon géniale de vendre des frites pour faire du fric ? M. Tanaka avait rejoint ce projet à cause de Mary-Jane, j'aurais parié ma chemise là-dessus. Certes, je ne pensais pas du tout que le respectable Japonais était un saint ou un mécène prêt à jeter l'argent par les fenêtres. Non, il aimait gagner de l'argent mais ce qui comptait le plus à ses yeux était d'être fier de lui, juste pour sa satisfaction personnelle. M. Tanaka n'avait absolument plus rien à se prouver, et encore moins aux autres. Pourtant, lui, avait réfléchi à ce qui ne m'avait même pas traversé l'esprit avec mes histoires de niches et mes créneaux stupides. Médecine = gens malades, gens qui souffrent, gens qui risquent de mourir ou de voir mourir leurs enfants. Ça dépassait largement la nana qui veut une paire de seins défiant les lois de la pesanteur pour faire plaisir à son mec.

Je rentrai chez moi, me sentant minable. Ça n'allait pas mieux trois whiskies plus tard, au contraire. D'abord, je m'affolai : qu'allait penser M. Tanaka de moi ? L'avais-je vraiment déçu ? Allait-il changer d'avis en ce qui concernait ses gros investissements ? J'explosai en me levant d'un bond, m'insultant :

— Mais t'es un crétin irrécupérable, mon pote ! Ce qui compte pour Tanaka, c'est le petit Joe. Enfin, ce n'est pas lui vraiment, mais le gosse est devenu un symbole pour Tanaka. Sans cette espèce de métaphore, il aurait pu se payer un autre hôtel plutôt que de financer ton projet. Tu veux qu'il te respecte, le Japonais ? Respecte-toi d'abord. Sois respectable à tes propres yeux, en toute lucidité. Et là, y a du boulot, mec ! Pauvre tache, va !

Je passai les jours suivants à hésiter. Fallait-il que je cherche un guide, un gourou quelconque, un psychanalyste, un groupe de méditation, que j'achète des ouvrages de développement personnel ? Je surfai sur Internet à la recherche de pistes qui pourraient m'aider. Internet n'était alors pas aussi développé qu'aujourd'hui. J'y trouvai quand même des choses assez intéressantes, mais aucune qui provoquât un déclic chez moi. J'y découvris aussi des trucs ahurissants, dont certains franchement rigolos, me demandant si des gogos mordaient vraiment à ce genre d'hameçon. La phrase de Zach me revint à plusieurs reprises : « N'oublie pas : tout est déjà en toi. Il suffit de le laisser parler. » Mais je n'entendais rien d'autre qu'un étourdissant silence.

Mes velléités de perfectionnement personnel ne résistèrent pas très longtemps face à la masse de travail qui me tombait dessus chaque jour, un travail qui m'exaltait, qui remplissait mon emploi du temps. Dans l'année qui suivit, à part quelques bouffes-boulot avec Benoît, qui se démenait lui aussi, et deux voyages aux États-Unis, je ne fis rien d'autre que travailler et encore travailler.

Vous vous demandez si je revis ensuite M. Tanaka ? Cela arriva en de très rares occasions – professionnelles et très impersonnelles –, sauf une. Yuusuke Okada était devenu son porte-parole. Durant ces années, je me rassurai en songeant que M. Tanaka était très occupé et qu'après avoir initié le financement du projet qui prenait franchement bonne tournure, il avait une multitude d'autres affaires en cours. Une excuse à la noix, il fallait s'y attendre de la part du « rampeur » Paul Lamarche.

Je me trompe peut-être, exagérant mon importance à ses yeux. Toutefois, je pense que je l'avais vraiment déçu. Mais ce genre de questions un peu émotionnelles se pratique déjà rarement entre hommes, alors, avec un businessman japonais d'un certain âge, ce serait de la dernière grossièreté…

Pourtant, je vous garde le meilleur pour la fin. M. Tanaka était véritablement un Yoda. Et peut-être en était-il conscient.

LE DÉSERT DES YODAS

Je garde un souvenir confus, pas désagréable, des années qui suivirent. Du boulot, encore du boulot, toujours du boulot. Quelques sympathiques rencontres féminines, très brèves. Des week-ends épuisants avec Benoît, où nous reprenions tout, point par point. Au cours de l'un d'eux, il m'annonça qu'il se mariait, et me demanda si j'acceptais d'être son témoin. La proposition me toucha beaucoup. Cependant, un seul détail me perturba : je n'avais pas vu cette femme entrer dans sa vie. Il s'avéra qu'il s'agissait de Stéphanie, que j'avais croisée parfois chez lui. Une jolie petite brune, qui respirait l'intelligence, la gentillesse et la joie de vivre. Gros point très favorable à mes yeux : elle était très amoureuse de Benoît et pas du genre enquiquineuse. D'ailleurs Stéphanie rassura, houspilla le mignon Benoît dans ses moments de fatigue et de doute, le poussant lorsqu'il se décourageait, lâchant des commentaires pertinents auxquels nous n'avions pas pensé.

Depuis Leonor, j'éprouve une passion, une insatiable curiosité pour les femmes. De « indispensables mais souvent chiantes », elles sont aujourd'hui devenues des territoires qui me fascinent. À l'époque, j'avais bouclé l'éternel féminin (pardon pour le poncif) en me disant que les fluctuations hormonales rendaient souvent les femmes imprévisibles, qu'elles étaient beaucoup plus attachées que nous aux aspects sentimentaux, émotionnels, et qu'il fallait composer avec elles, au risque sans cela de passer pour un macho sans cœur.

Avec Leonor, à qui il faut parfois tirer les mots de la bouche, j'ai compris qu'il s'agissait d'une autre lecture de l'univers, des gens, des sensations. J'ai compris aussi que les femmes déchiffrent bien mieux que nous les signes, ces petits graviers qui sèment nos chemins, si quelconques qu'il faut vraiment regarder pour les voir. Les graviers de M. Tanaka et de Zach. Contrairement à moi, Leonor n'aurait pas mis dix ans avant de les comprendre. Chaque fois que je lui en fais la remarque, elle rit et me rétorque : « Et alors ? L'important est que tu les aies remarqués et compris, mon chéri. »

Pardon, pardon, je saute encore des étapes.

À ma décharge, les choses commencent sérieusement à s'emmêler dans mon esprit, parce que le passé a de moins en moins d'importance. Si. Il a une importance cruciale puisqu'il a enfanté du présent et qu'il accouchera du futur. Douloureuse gestation et difficile accouchement puisqu'il m'a fallu admettre que mon passé avait été une série d'erreurs. Mais, justement, puisque le chemin compte autant, peut-être même plus, que la destination, revenons donc au passé.

Benoît épousa Stéphanie, qui dut tout organiser pour la cérémonie, son futur mari étant débordé entre son cabinet et notre projet. Elle s'en acquitta avec une bonne humeur digne d'éloges, nous lançant un jour en riant :

— Bon, les gars, je ne peux compter sur vous pour rien ? Cool, suffisait de le savoir ! Benoît, lorsque tout sera sur pied, je veux la lune de miel la plus intense qu'une femme ait connue !

— Oui, oui, chérie, avait-il répondu, sans écouter.

Heureusement qu'elle n'avait pas exigé qu'il se fasse teindre en blond platine, ou poser des piercings de tétons !

Les voyages aux quatre coins du monde se multiplièrent. Je partais en éclaireur, vérifiais tout : les véritables possibilités des hôpitaux, des praticiens sur place, les réglementations, les pots-de-vin à allonger, les possibilités touristiques pour les convalescents et leur famille, sans oublier la stabilité politique du pays. Dur d'envoyer un gars pour une opération lourde dans un pays qui risquait de sombrer dans la guerre civile. Benoît arrivait ensuite afin d'expertiser, avec tact, les compétences des médecins et du personnel soignant. Évidemment, l'idéal consistait à trouver non loin un hôtel de la chaîne Tanaka, mais il ne s'agissait pas d'une obligation.

Enfin, quand tout fut d'aplomb, nous organisâmes les premiers voyages. Je vous passerai les détails, la frénésie, les angoisses, les nuits blanches, les couacs de dernier moment et autres.

Il s'agissait de régler les problèmes d'intendance et de ne surtout pas se mettre à dos les législations des pays dont provenaient les patients, notamment quant au fait qu'un donneur d'organes devait toujours être volontaire, ou avoir légué son corps à la science, mais pas contraint par la misère ou un flingue sur la tempe de filer un rein. Ça semble couler de source, mais dans certains pays les vérifications sont difficiles. Des mafias, parfois aidées d'officiels, veillent au grain et comprennent qu'il y avait beaucoup d'argent à ramasser. De sombres rumeurs d'assassinats couraient à ce sujet. De pauvres bougres auraient été tués, juste parce qu'ils possédaient le même groupe tissulaire qu'un patient en attente d'organe. Vrai ou faux, c'était typiquement le genre de situation dans laquelle Benoît et moi refusions de nous retrouver.

Notre affaire tournait, et nous engrangions des bénéfices. Je déménageai dans le 7e arrondissement et m'offris une splendide Audi. Mes costumes sortaient maintenant de chez Armani ou de chez Hugo Boss et j'exhibais mon Smartphone dernier cri dans les restaurants ou les boîtes branchées. J'avais l'impression d'être devenu un vrai de vrai mâle alpha. Je vendis l'agence de voyages, louai un bel appartement dans le 15e pour y installer nos bureaux, tout en gardant Émilie comme collaboratrice. Au comble de ma générosité et de mon arrogance, j'envoyai un chèque à Laurent, mon cousin, que je n'avais revu que quelques fois, une heure par-ci, par-là, depuis le décès de tante Catherine. Mais, bon, on n'était tellement pas sur la même longueur d'ondes avec ce loser lunaire ! Manque de bol, je n'avais pas du tout compris que Laurent avait pas mal de longueurs d'avance sur moi. Il jugeait, sans aucune méchanceté, mon monde totalement inintéressant. Laurent est un brave type. Jamais il ne me l'aurait dit, de peur de me faire de la peine. Aussi se contentait-il de « Ah, ouais. Cool ! » ou de « Géant, mon pote ! », lorsque je lui narrais toutes mes super-réussites et les derniers gadgets à la gomme que je venais de m'offrir. Mais à l'époque, pour moi, c'était un gentil glandeur, inadapté à notre monde.

Émilie, mon ancienne assistante de l'agence de voyages, devenue collaboratrice dans notre nouvelle structure de tourisme médical, se révéla. J'avoue, à ma grande honte, qu'alors qu'elle avait travaillé cinq ans à mes côtés, je ne savais presque rien d'elle. Pourquoi ? Parce que je m'en fichais. Bon, elle était célibataire, plutôt jolie fille, la petite trentaine, avec un goût prononcé pour les teintures capillaires prune ou orange. Ses vernis à ongles me laissaient sceptique, d'autant qu'elle devait passer des heures en manucure : ongles blancs avec des petits Smiley au bout, ou des étoiles noires, ou encore bleues avec de petites lunes jaunes. D'accord, je ne me suis jamais fait les ongles mais ce type de raffinement (si l'on peut dire !) devait être très chronophage. Au lieu de rêver à sa nouvelle manucure en attendant le client désireux de voyager, elle fut soudain au four et au moulin. Sa transformation de poste lui valut donc une rallonge de salaire motivée par un surcroît considérable de boulot.

Pourtant, le changement d'attitude d'Émilie fut si rapide et radical que, même moi, je dus m'en apercevoir. Elle devint silencieuse alors qu'elle était avant du genre bavard comme une pie, sans jamais déballer sa vie privée. Oh, son efficacité ne fit que croître et embellir. Elle se défonçait, enchaînait les heures sup sans jamais demander une rallonge de salaire. Plus étrange, je finis par remarquer qu'elle se coupait maintenant les ongles très courts et les vernissait de transparent. Elle était aussi revenue à sa couleur naturelle de cheveux, un auburn sombre très seyant qui mettait en valeur sa peau pâle et ses yeux noisette clair. Surtout, je me rendis compte que les clients adoraient « mademoiselle Émilie », et « était-elle là ? » et « pouvait-elle s'occuper d'eux ? Je peux rappeler demain si elle n'est pas là ».

Pris d'une curiosité qui m'étonna moi-même, je l'invitai un jour à déjeuner, ce que je n'avais jamais fait en cinq ans de collaboration. Non pas parce que je n'en avais pas envie. Simplement parce que je n'y avais jamais pensé.

Le troquet dans lequel je prenais mes repas lorsque j'étais sans rendez-vous professionnel important proposait une carte pas très inventive, mais agréable. En plus, la généreuse entrecôte avait vraiment le goût d'une entrecôte. Seul bémol : les longues tables autour desquelles des gens qui ne se connaissaient pas devaient prendre place, puisque le restaurant ne disposait que de quelques tables de deux ou quatre couverts. Il paraît que c'est convivial de se retrouver à quinze personnes étrangères, assises les unes à côté des autres. Personnellement, je trouve gavant d'écouter les conversations de gens que je ne connais pas et qui se sentent gênés dans leurs paroles en raison de ma proximité. Lorsque j'invite, j'ai encore moins envie que des gens extérieurs écoutent ma conversation. Heureusement, ce jour-là, nous eûmes droit à une table de deux. Émilie semblait contente, mais étonnée de ce déjeuner.

Nous attendîmes notre entrée, un peu gênés, enchaînant les banalités sur la météo, le dernier film, un bouquin, les destinations de vacances, etc. Je n'avais rien de particulier, de « professionnel » à lui dire. En réalité, je n'avais jamais véritablement « parlé » à Émilie. C'était une fille agréable, intelligente, qui faisait très bien son boulot. Un point c'est tout. D'ailleurs, à un moment, je regrettai mon impulsion. Mais quelle idée j'avais eu de l'inviter ? Si ça se trouvait, elle avait changé de look parce qu'elle avait un nouveau petit ami qui n'aimait pas les ongles vert pomme avec des étoiles roses, et on ne pouvait pas en vouloir à ce gars ! Pas de quoi en faire une histoire, ni s'inventer des significations cachées ! Pataud, je lançai :

— Euh… je ne sais pas, j'ai l'impression que ce nouveau job te convient mieux ?

— Oh ouais, répondit-elle, soudain grave. (Elle avala une bouchée de son tartare de saumon, hésita, puis soupira :) Il faut que je te raconte un truc, Paul. Un truc perso.

À l'époque, dès qu'une femme me disait cela, je me méfiais. Je n'avais aucune envie de me transformer en bonne copine sur laquelle on s'épanche en racontant ses histoires de cœur. D'autant que je jugeais les histoires de cœur version féminine compliquées. Les choses se résumaient en général très simplement dans mon esprit à un « bon, il ne t'aimait plus, il est parti ». Bref, l'argument blessant qu'on ne peut absolument pas sortir lorsqu'on a une fille désespérée et en larmes devant soi.

— Hum…

— Bon, tu ne sais pas, mais mon père s'est tiré quand j'étais petite, laissant ma mère dans une presque misère.

— Oh, je suis désolé, murmurai-je, me demandant où elle voulait en venir.

Elle balaya ma sortie conventionnelle et bidon d'un petit geste impatient.

— Aucune importance, je m'en fous maintenant. C'est juste pour planter le décor, si je puis dire. J'avais six ans et on s'est vraiment retrouvées dans la mouise. C'est mon oncle Sylvain, l'aîné de ma mère, qui s'est occupé de nous. Il avait douze ans de plus qu'elle. Il nous a vraiment tenues à bout de bras, durant des années. Pas seulement financièrement. C'était un type géant. Un roc, bourré d'humour, qui trouvait toujours la solution à un problème.

— Il est mort ?

— Ouais, il y a deux ans. Ma mère est morte peu avant que j'arrive à l'agence.

Je me souvenais vaguement qu'elle avait évoqué ce décès, très vaguement. En revanche, deux ans plus tôt, je n'avais même pas soupçonné qu'elle venait de perdre quelqu'un pour qui elle semblait avoir eu beaucoup d'affection.

— Une crise cardiaque. Ça valait mieux. Je veux dire pour mon oncle. Je ne sais pas si tu te souviens. C'est quand j'ai pris une semaine de vacances en plein mois d'octobre.

Je vis ses yeux se remplir de larmes et je m'en

voulus. Merde, à l'époque, j'étais passé complètement à côté de son évident chagrin. Je me rattrapai à ce que je pus :

— Euh… oui. « Ça valait mieux » dans quel sens ?

— Il souffrait d'un Alzheimer. Les derniers mois, il avait beaucoup décliné.

— Oh, désolé, récidivai-je.

Plongée dans ses sombres souvenirs, elle poussait machinalement du bout de la fourchette les frites qui accompagnaient son entrecôte. J'osais à peine manger.

— Ma cousine et moi, on avait trouvé une maison, prétendument spécialisée, dans l'ouest de la France, mais quand même pas trop loin de Paris. C'était la seule qu'on pouvait lui offrir, même en cherchant bien. En comptant les aides, la Sécu et ce que mon oncle avait de côté, pas une fortune loin de là, il nous restait 250 euros chacune à allonger par mois. Ma cousine a deux enfants et pas un salaire mirobolant, son mari non plus. On se relayait pour lui rendre visite le plus souvent possible le week-end, lui parler, l'emmener en balade, bref le stimuler un peu. Et puis, un jour… c'était un jour férié qui tombait un mardi, j'y suis allée…

Je la vis crisper les mâchoires, elle planta brutalement sa fourchette dans une frite et cracha, mauvaise :

— Les enfoirés ! Je reverrai toujours cette conne d'aide-soignante. J'ai débarqué là-bas vers 15 heures. Il baignait dans sa merde et dans sa pisse et il pleurait. Il pleurait comme un bébé. Son plateau-repas froid était posé sur la desserte, intact. Merde, il n'arrivait plus à couper sa viande ! Il pouvait à peine manger tout seul, et que les trucs mous. Je ne sais pas depuis quand il n'avait pas été lavé ni changé.

— J'espère que tu as gueulé grave.

Son joli regard noisette me fixa, terriblement triste.

— Non. J'ai fermé ma gueule. Je l'ai lavé, nourri. J'ai sonné et sonné et sonné. L'aide-soignante est enfin arrivée, très détendue. Je lui ai expliqué dans quel état j'avais trouvé mon oncle. Elle m'a balancé « J'ai pas que ça à faire, figurez-vous ! ». J'aurais dû lui foutre ma main sur la figure, l'insulter.

— Ça valait bien ça. Qu'est-ce qui t'en a empêchée ?

— J'ai eu peur. Peur qu'elle fasse un scandale, qu'ils virent mon oncle. On n'avait pas les moyens de le placer ailleurs.

— Ils ne pouvaient pas le virer.

— J'ai eu la trouille quand même.

Émilie ne saura sans doute jamais à quel point son histoire devait résonner longtemps en moi. De fait, ils ne pouvaient pas mettre son oncle à la porte. De fait, elle aurait pu porter plainte pour mauvais traitements envers une personne vulnérable. De fait, elle aurait pu filer une tarte à cette femme sans cœur. Mais la peur l'avait clouée. La peur l'avait dissuadée de protéger son oncle qu'elle aimait. Émilie n'est pas coupable, ou alors nous le sommes tous. La peur est une maladie insidieuse et très grave, qu'on ne peut éradiquer que lorsqu'on se rend compte de sa progression et de ses ravages en nous. Malheureusement, certains d'entre nous ne s'en apercevront jamais. D'autres se rassureront en se disant qu'ils sont juste prudents, sur leurs gardes.

Sans même réfléchir à mon geste, je caressai la joue d'Émilie, un geste de frère. Je ne savais pas quoi lui dire, parce que je n'étais pas assez avancé sur mon propre chemin. Elle eut l'air émue de cette marque d'affection, assez étonnante de ma part. Elle se ressaisit et conclut :

— Bon… En fait, là où je veux en venir, c'est que la nouvelle clientèle avec qui on travaille, ce sont des gens pour qui un voyage signifie bien plus qu'un dépaysement sympa, quelques visites de temples, de rizières ou de palais, quelques piña-coladas au bord d'une piscine. Parfois, souvent, leur vie, ou celles de proches, est en jeu. Du coup, j'ai l'impression de faire quelque chose d'important. Et puis je me dis que peut-être, un jour, on créera des établissements super, bien moins chers, dans un pays accueillant, pour des gens comme mon oncle. Ça me booste vachement, Paul.

Le retour des Yodas. J'étais presque prêt

Notre société tournait à plein régime. Nos investisseurs étaient aux anges. En quelques années, ils avaient décuplé leur mise initiale. Quant à Benoît et moi, nous croulions sous l'argent. Benoît venait d'offrir à Stéphanie une ravissante ferme avec piscine et grande serre en Normandie. Pour moi, j'hésitais entre un joli pied-à-terre à San Francisco ou à New York, ou encore en Asie.

Revers de la médaille, Émilie et moi étions débordés de boulot. Benoît avait décidé de réduire à trois jours ses consultations hebdomadaires afin de nous aider, un sacrifice très mineur puisque les « bites vérolées » lui donnaient la nausée. Stéphanie piaffait d'impatience de nous rejoindre, mais le bébé qu'elle attendait ne partageait pas son avis. Son gynéco avait tempêté, lui ordonnant de rester au calme, allongée le plus possible. Nous avions donc décidé avec mon ami de nous adjoindre un ou une collaboratrice supplémentaire.

Le premier, un jeune Vincent, avait tenu huit jours. Un fatigué de naissance qui soufflait d'épuisement dès que le téléphone sonnait, or il n'arrêtait pas de sonner. Après des dizaines d'entrevues, notre choix s'était porté sur une Mme Angèle, 58 ans, chômeuse senior depuis deux ans et demi, qui acceptait volontiers un salaire moins important que celui qu'elle avait avant et un travail radicalement différent, puisqu'elle était juriste. Mme Angèle savait qu'elle n'avait aucune chance de retrouver un job, hormis fourrer des prospectus dans les boîtes à lettres ou garder des enfants au black. Une décision d'embauche que nous ne regrettâmes jamais. Angèle était du genre survitaminée, girl-scout toujours prête, *busy bee*[1] comme disent les Américains, le genre à qui on ne la faisait pas, capable de recadrer tous les emmerdeurs d'une main de fer dans un gant de velours, bref la perle. De plus, elle s'entendait à merveille avec Émilie, toutes deux ayant porté jusqu'à l'art la notion de désordre organisé. Leurs deux bureaux étaient couverts d'un océan de paperasse qui me donnait le tournis. Mais étrangement, lorsque je demandais un document précis, elles le retrouvaient dans la seconde, sous un monceau de feuilles et de dossiers.

Ce matin-là, Mme Angèle me passa un appel de « Yuusuke Okada san ». La parfaite Mme Angèle avait mené quelques recherches au sujet des suffixes japonais de courtoisie. Il en ressortait qu'Okada était « san » et M. Tanaka « sama ». « San » peut être

1. Petite abeille travailleuse.

accolé à un nom ou prénom de femme ou d'homme, c'est un peu « monsieur » ou « madame ». Pour les enfants, voire les animaux de compagnie, on utilise « chan ». « Sensei » est réservé aux professeurs, aux médecins, bref aux gens qui possèdent une grande connaissance dans un domaine. « Sama » est une marque de respect envers un supérieur. Intéressant, mais comme je n'avais plus eu de contact direct avec M. Tanaka depuis pas mal de temps, je doutais que cette subtilité me soit très utile. Je me trompais.

Yuusuke Okada san, toujours poli, me demanda si j'allais bien. À la qualité de la communication téléphonique, à l'absence de « blancs » entre une question et une réponse, j'eus le sentiment qu'il ne devait être ni au Japon ni aux États-Unis. Gagné.

— M. Tanaka souhaiterait déjeuner avec vous.

La surprise me cloua quelques instants. Puis, bafouillant presque, je m'empressai :

— Mais avec grand plaisir. Ce serait un honneur. Quand…

— Aujourd'hui.

— Euh…

— Bien sûr, c'est un peu inattendu, mais M. Tanaka est de passage à Paris.

— Pas du tout. D'ailleurs, je n'avais rien de prévu.

Gros mensonge, j'allais devoir décommander deux personnes. Rendez-vous fut donc pris à 13 heures, dans un restaurant japonais très haut de gamme de Saint-Germain-des-Prés. Je n'avais pas une passion pour la nourriture japonaise, et l'idée d'avaler du poisson cru ne m'enthousiasmait pas, mais j'étais prêt à manger des wagons de sashimis pour satisfaire M. Tanaka.

Le lieu était une invitation en lui-même, zen, minimaliste, dans les tons pastel. En dépit de l'affluence, nous n'étions que cinq Occidentaux dans la salle, en général un gage de qualité pour un restaurant asiatique. Ce jour-là, j'eus un choc gustatif et me reprochai mon étroitesse de jugement. En effet, je découvris que la gastronomie japonaise était comparable sur un point crucial avec la nôtre : la saucisse-purée, aussi bonne soit-elle, peut difficilement se comparer à un coulibiac de saumon ou à une poularde aux morilles. Bref, ce que l'on mange tous les jours, sans presque y penser, n'a rien à voir avec la cuisine lorsqu'elle devient art.

Inutile de préciser que je me sentais stressé. Tanaka sama était un monsieur très important, parce qu'il avait beaucoup investi dans notre société mais aussi parce qu'il incarnait une carte de visite magique dans les milieux d'affaires. Annoncer qu'on travaillait en collaboration avec lui, revenait à dire que Benoît et moi étions des gens sérieux, dignes de confiance, compétents. S'ajoutait à cela l'indiscutable différence culturelle. Je vivais dans la panique de commettre un impair. Le problème avec les Japonais bien éduqués, c'est qu'à moins de connaître leur code de politesse (ce qui n'était pas mon cas), on ne sent presque jamais que l'on vient de commettre un terrible impair sur le moment. En revanche, vous êtes jeté, sans discussion, mais plus tard. Que de mésaventures ont essuyées des hommes d'affaires ou des politiques occidentaux, simplement parce qu'ils ne comprenaient pas les signaux envoyés par leur interlocuteur japonais ! Aussi la moindre question devenait-elle difficile. Je tentais d'évaluer le pour et le contre avant de formuler une phrase, aussi banale fût-elle. Le plus savoureux, avec le recul, c'est que je suis aujourd'hui convaincu qu'il sentait mon malaise et son origine, et s'en amusait plutôt. Je me lançai en attendant notre premier plat, un *ohitashi* (des légumes de saisons marinés) puisque, à nouveau, j'avais commandé la même chose que lui.

— Vous êtes en transit à Paris, Tanaka sama ?

— Non. J'aime beaucoup Paris. Quant à ma femme et mes deux filles, lorsqu'elles sont lâchées dans les boutiques, je ne les revois pas avant le soir, ajouta-t-il en souriant. Il semble que pour elles, acheter un sac Hermès ou Dior à Paris est bien plus appréciable que de s'offrir le même à Tokyo. Il doit y avoir une raison que j'ignore.

Je me permis un petit rire. Il s'agissait d'une boutade, avant d'entrer dans le vif du sujet : le business. Les Japonais n'entrent jamais directement dans le vif du sujet, c'est très mal élevé. En revanche, ensuite, on ne délaye pas.

— Savez-vous pourquoi les Japonais aiment tant célébrer *hanami* ?

Non, d'ailleurs j'ignorais ce qu'était cette chose. Il le comprit à mon regard.

— La célébration des fleurs. Surtout les *sakura*, les fleurs de cerisier. Si un jour vous vous trouviez à Tokyo au bon moment, ne manquez pas de vous rendre au cimetière d'Aoyama. C'est un des plus beaux endroits pour l'*hanami*.

Heureusement, j'avais entendu évoquer ce grand moment pour les Japonais qui consiste à se déplacer dans les plus beaux parcs pour aller contempler la floraison ou la pleine maturité des fleurs. C'est un moment de bonheur. On s'y rend en famille, ou avec son entreprise, souvent pour pique-niquer sous les arbres, chanter, boire un verre.

— C'est très beau, une perfection, les fleurs, avançai-je, sans trop savoir où j'allais.

— En effet, Paul. C'est aussi très fragile et ça mérite qu'on le célèbre. Cette petite et magnifique fleur mourra très vite. La perfection doit être saisie au vol, admirée tant qu'elle dure.

Le deuxième plat arriva, une merveille : un *kaki soba*, les sobas étant des pâtes à base de farine de sarrasin. Le *kaki soba* est une soupe chaude aux pâtes et aux huîtres.

J'étais tendu et tout à la fois si… comment dire… soulagé et heureux de cette invitation, qui me prouvait que ma lourdeur passée n'avait pas trop déçu M. Tanaka. Du coup, je passai complètement à côté de ce qu'il voulait me dire. Des tableaux de chiffres, de pourcentages, de réserves d'investissements défilaient dans mon esprit. J'étais prêt à les débiter pour lui prouver à quel point il avait eu raison de me faire confiance. Je rongeais mon frein, attendant le moment propice. Mais quel crétin je faisais ! M. Tanaka n'avait pas besoin de se déplacer pour cela et encore moins de m'inviter. Yuusuke Okada san le renseignait sur ces aspects.

— Paul, je voulais vous poser une question…

Je me redressai, espérant garder une mine détendue.

— Existe-t-il en français une… maxime, un proverbe équivalent à « *Great oaks from little acorns grow*[1] » ?

Perdu dans mes statistiques et mes projections à trois ans, je ne voyais pas du tout où il voulait en venir. Bien sûr, je cherchai fébrilement l'équivalent.

— Euh… les petits ruisseaux font les grandes rivières, traduisis-je en anglais.

Ce fut sans doute l'unique fois où je vis un véritable sourire se dessiner sur le visage de M. Tanaka. Il hocha la tête, à l'évidence ravi.

— Oh, j'aime beaucoup… Je trouve cela encore plus évocateur que les chênes. Oui. Une goutte d'eau, une autre, un ruisseau, une rivière, un fleuve, un immense océan. En japonais, ce serait peut-être « *Chiro mo tsumoreba yama to naru* ».

— Qui signifie ?

— À force d'accumuler de la poussière, on obtient une montagne. D'infinies perspectives, n'est-ce pas, Paul ?

— En effet, Tanaka sama.

Mais de quoi parlait-il ? De : « on avait remboursé tous les investissements, on dégageait des bénéfices et ça ne ferait que croître et embellir », ou de tout autre chose ?

De tout autre chose, bien sûr : un grain de sable, une colline, une montagne. Grains de sable, nous sommes des montagnes en devenir si nous arrêtons un jour de ne penser qu'à nous, nous-mêmes, petits grains de sable isolés. Nous sommes l'infime

1. « Les grands chênes naissent de petits glands. »

particule de la véritable puissance. Une puissance belle, calme, généreuse.

Nous terminâmes par un *tempura no moriawase*, un assortiment de beignets très légers aux crevettes et aux légumes.

J'y allai quand même de nos perspectives, de nos nouvelles ouvertures, tout en sentant que M. Tanaka ne m'écoutait plus que d'une oreille courtoise et assez peu intéressée. Il savait tout cela et s'en fichait. J'eus encore le sentiment de m'être pris les pieds dans le tapis. Pourtant, il n'eut pas l'air déçu en me quittant, juste vaguement amusé.

Bon, je réécris peut-être encore l'histoire, et je n'aurais pas l'arrogance de penser que Tanaka sama avait fait le voyage en France juste pour me parler de fleurs fragiles de cerisier, de poussières, de grands chênes, de minuscules ruisseaux ou d'une montagne. Il devait avoir des affaires à traiter dans notre pays, ou alors souhaitait offrir un plaisir à sa femme et à ses filles. Mais quand même. Qu'il ait pris la peine de m'inviter signifiait quelque chose. Encore fallait-il que je le découvre, et le moment n'était pas tout à fait venu.

Ce soir-là, je me sentais super-bien, un peu euphorique. Bref, le syndrome du petit garçon qui a reçu un bon point du maître, ou du subalterne qui a eu droit à un geste, un mot sympa du Big Boss, et qui se croit déjà porté au pinacle. M. Tanaka m'avait invité à déjeuner, en tête à tête et dans un super-restau. Je n'avais pas encore compris que ce n'était pas en faisant gentiment dans ma caisse et en grattant la litière ensuite que je mériterais ne serait-ce que l'ombre de l'estime d'un homme tel que lui. En d'autres termes, il y avait encore pas mal de boulot sur la bête. Moi.

Je décidai donc de m'offrir une récompense bien méritée, en concordance avec ce que je croyais sentir de Tanaka sama. Je préfère avoir la franchise de vous expliquer tout de suite que je n'eus même pas conscience de l'ampleur de ma stupidité sur le moment. Vers 22 heures, tout frais douché, changé, vêtu d'un beau costard décontracté, chemise blanche col ouvert, belles godasses (très important, c'est la première chose que ceux qui « comptent » regardent avec la montre, du moins chez un homme), je me rendis donc dans cet endroit du 6e arrondissement, nommons-le « The Blake's », une innovation à l'époque même si le concept a fait des petits depuis. Le ticket d'entrée dans ce type d'endroit est assez élevé et il convient d'être parrainé pour pouvoir y être accepté. Benoît avait fait des pieds et des mains avant d'y être admis et m'avait recommandé pour une « invitation découverte ». L'idée derrière se résumait simplement : si la « découverte » me satisfaisait, je pouvais déposer un dossier d'admission. Si, et seulement si ledit dossier intéressait la direction, j'allongeais un chèque de 6 000 euros à l'époque et devenais membre pour l'année. Jusque-là, je n'avais pas eu trop envie de m'y rendre, la description de mon ami ne m'ayant pas emballé et cela même si pas mal de ses excellents contacts depuis quelque temps avaient été facilités par son appartenance au Blake's. Il s'agit d'une sorte de club-bar, très privé et très sélect. On n'y danse pas, on ne s'y bourre pas la gueule, et si on a recours à des « substances », on les prend avant, ou ensuite très discrètement, et elles ne doivent en aucun cas vous rendre chiant ou mal élevé. Bref, on ne se lâche pas parce qu'on s'est envoyé un joint et qu'on rigole comme un crétin ou qu'on tutoie la terre entière sur le mode « ben, j'vais t'dire, mon pote... ». À part cela, The Blake's concentrait les gens importants, d'un peu partout dans le monde, ou leurs « intermédiaires ». A priori, pas ma définition d'un bon moment de détente. Mais, bon, ça allait avec les belles godasses, la belle montre et la chemise blanche Savile Row sur mesure à 220 livres.

Je pénétrai donc, après avoir montré patte blanche, sans oublier ma pièce d'identité et le sésame, le nom de Benoît. La jouant très décontracté, en homme qui a déjà tout vu, tout connu, je descendis donc dans la salle tout en longueur, jetant un regard d'habitué blasé à la décoration, les murs étant recouverts de sortes de tôles en zinc artistement cabossées. Cela avait dû coûter une somme faramineuse aux propriétaires puisque Benoît m'avait cité le nom du décorateur, une célébrité branchée new-yorkaise, nom que je m'étais empressé d'oublier. Adoptant une nonchalance calculée, je m'installai dans un fauteuil bas en velours prune. Un coup d'œil autour de moi me renseigna. Une dizaine de clients-membres étaient attablés en cette heure encore précoce, et j'étais l'unique personne sans accompagnement. Aussitôt, une ravissante jeune femme aux traits asiatiques, vêtue d'un élégant tailleur, se matérialisa devant moi.

Je la pris d'abord pour une adhérente du club. Elle me dissuada très vite :

— Monsieur Lamarche… une coupe, un verre, un jus de fruits, un espresso ? Nous avons une cave à whiskies. Souhaitez-vous notre carte ?

— Non… Un whisky, je me fie à vous. J'aime les découvertes, répondis-je, affable, tout en songeant « mon gars, tu n'y connais rien. Passe ton tour ».

— Suntory Hibiki, 21 ans d'âge ? Une merveille. Sans glace, bien sûr ?

— Bien sûr, approuvai-je en m'efforçant de retenir le nom et en dissimulant mon étonnement, tandis que Tanaka sama faisait une incursion dans mon esprit.

Je devais ensuite apprendre que ce whisky japonais est considéré comme l'un des meilleurs du monde.

Je passai un bon quart d'heure à prétendre me concentrer sur mon Smartphone, fronçant les sourcils, réprimant un sourire, hochant la tête d'agacement, bref le plan : je suis un mec super-occupé et super-convoité.

Une jupe droite s'interposa devant mon regard. Une jupe remplie par des courbes très plaisantes. Elle était très jolie, belle même, et tenait un verre à la main. D'une voix posée, une voix de femme qui sait ce qu'elle veut, elle demanda :

— Solitaire par choix ou éventuellement intéressé par une compagnie ?

— Toujours disponible pour la compagnie, du moins agréable, plaisantai-je en me redressant pour l'aider à s'installer.

Cécile devait frôler les 40 ans tout en en paraissant

dix de moins. De beaux cheveux mi-longs, d'un faux blond réussi, encadraient son visage assez trompeur, professionnellement trompeur. Elle respirait la franchise, l'ouverture. Ses répliques vives et bourrées d'humour et d'intelligence me donnèrent le change jusqu'à ce que je comprenne qu'elle cherchait à savoir qui j'étais au juste, ne m'ayant encore jamais vu au Blake's. Après un second whisky et une bonne demi-heure de conversation, sans doute jugea-t-elle qu'elle n'avait pas « usage » de moi pour l'instant. Aussi se détendit-elle puisqu'elle n'était plus sur le « sentier de la guerre relationnelle ».

Cécile exerçait un métier ultra-délicat et très rémunérateur, qui exige que l'on se réserve une infinité de possibilités et dans tous les domaines. À ses yeux, je pouvais, un jour, devenir une « possibilité ». En effet, Cécile était une *fixer*, bref une sorte de super-PR, en beaucoup beaucoup plus discret et n'hésitant pas, le cas échéant, à outrepasser les limites du strictement légal pour faciliter des rencontres, des deals, des choses rapportant de l'argent, de l'influence, du pouvoir. Si certains d'entre vous pensent que j'ai oublié le sexe dans cette liste, ils se trompent. Passé un certain compte en banque, un certain niveau de pouvoir, le sexe est un corollaire, pas une fin en soi. Quoi qu'il en soit, nous passâmes un excellent moment. J'avoue avoir été flatté, grisé que cette belle femme, classe, intelligente, cultivée par profession, et qui, surtout, connaissait tant et tant de VIP, me trouve du charme. La suite faisait peu de doutes. En plus, à l'évidence, Cécile se révélerait être un *one-night-shot*, ce qui me convenait au petit poil.

Nous n'étions pas installés dans sa voiture qu'elle sortait de son sac un joli poudrier cylindrique et s'envoyait un rail avant de me le tendre. Certes, il m'était déjà arrivé de sniffer de la coke. Trois fois, pour être précis. L'idée de l'addiction m'a toujours déplu. Surtout une addiction que je ne peux pas maîtriser, pour laquelle je dépends d'un fournisseur du genre illégal. Mais bon, cette nuit-là, il me sembla que la coke faisait partie intégrante du décor.

Cécile habitait un magnifique duplex, à Neuilly. Deux whiskies et une autre ligne plus tard, nous nous retrouvions au lit. Que dire de cette nuit ? Pas grand-chose. Elle n'a d'intérêt que parce qu'elle devait me propulser d'un nouveau pas. Mais je réécris l'histoire (sale manie, décidément) puisque, sur le moment, je n'en avais pas la moindre idée. Cécile était experte et exigeante, et j'eus plus d'une fois la troublante, mais pas désagréable sensation, que le sexe faisait également partie de sa panoplie professionnelle, si je puis dire, tout comme le fait de parler quatre langues.

Je parvins à m'assoupir vaguement au petit matin, pour être réveillé une heure plus tard par une Cécile fraîche comme une rose, douchée, maquillée, en dépit du fait qu'elle n'avait sans doute pas fermé l'œil de la nuit. Amusée, elle m'annonça :

— Je nous ai préparé un petit déjeuner divin.

Que je traduisis aussitôt par « Bon, assez rigolé. Lève-toi, bois un café et barre-toi. Pas que ça à foutre ! ». Ayant moi-même abusé de ce stratagème, je ne lui en voulus pas une seconde.

C'est autour du comptoir de la cuisine américaine que survint « l'épisode », faute d'un mot plus approprié, le minime, infime détail qui devait rendre cette nuit mémorable. Alors que nous parlions de choses et d'autres, redevenus étrangers dès notre station de bipèdes verticaux retrouvée, j'attrapai une des fraises du saladier et m'entendis dire :

— Un jour, j'aimerais bien faire un saut au Japon, au moment de la célébration du *hanami*, voir la floraison des *sakura*, les fleurs de cerisier, le culte du précieux éphémère.

— Hum… je préfère les fraises. C'est chiant, les cerises, avec tous ces noyaux.

Interdit, je ne répondis rien, songeant qu'il s'agissait de la réflexion la plus conne que j'aie jamais entendue. Je n'eus plus qu'une hâte : terminer mon café et sortir de chez elle.

Un jugement hâtif et parfaitement injuste. J'ai entendu des réflexions largement plus stupides dans ma vie. Beaucoup. Mais, durant une fraction de seconde, j'avais saisi avec précision ce que voulait me faire comprendre M. Tanaka. Admirer une fleur parfaite, d'un tendre rosé, qui éclôt, être pleinement conscient qu'elle mourra quelques jours plus tard et qu'il me faudrait une nouvelle année de patience pour la contempler à nouveau. Si la vie le veut.

Ma mauvaise humeur contre Cécile, ou plutôt contre ce que, comme moi, elle ne sentait pas, ne dura pas. Dommage.

Le « rampeur » que j'étais devait mettre du temps à comprendre qu'il possédait deux jambes. Lorsque, enfin, je l'eus compris, j'eus la trouille de me relever. Tant que je rampais, je ne risquais pas de tomber, c'était réconfortant. C'est d'ailleurs sans doute aussi pour cela que, sans le savoir, j'étais assez attaché à mon état de « rampeur ». Marcher me faisait peur. Au début, c'est très déstabilisant, on perd l'équilibre. Mais marcher, c'est vivre. Enfin.

Yoda Leonor, pour la vie

Quelques mois plus tard, un vendredi, je vis bien que Mme Angèle se démenait particulièrement au téléphone. Malgré un anglais très scolaire, plombé par un accent français épais comme une purée de pois, elle se débrouillait très bien pour se faire comprendre de nos interlocuteurs non francophones. Elle avait l'air grave, dense, écoutant son correspondant avec attention et ponctuant la conversation de « Hum… Hum… ». J'entrai dans mon bureau, songeant qu'elle saurait où me trouver en cas de difficulté. Ça ne tarda pas. À son air, je crus qu'elle venait de recevoir une mauvaise nouvelle personnelle. Elle attaqua d'un ton presque sec :

— Monsieur Paul… Euh… j'ai eu cette dame, hier soir et ce matin… C'est encore la nuit, chez elle, aux États-Unis. Il lui manque l'équivalent de 5 000 euros. Pour l'opération et la chimio de son gamin à Bangkok. Tumeur cérébrale. Il a 3 ans. Elle demande, supplie qu'on lui fasse une avance. Je lui ai expliqué que c'était contraire à nos habitudes. Elle propose qu'on prenne une hypothèque sur sa maison. Une mère célibataire.

C'était émouvant, mais, en effet, Benoît et moi

avions établi une ligne de conduite claire : nous n'étions pas une association caritative et notre rôle ne consistait pas à régler la misère du monde. Toutes les semaines, quelqu'un faisait état de difficultés financières, dont certains qui alignaient des arguments sentant le bluff à plein nez. J'y allai donc de mon discours habituel en pareil cas :

— Écoutez, madame Angèle, bon, c'est toujours triste, mais nous ne sommes pas Médecins sans frontières, d'accord ? D'autant que certaines personnes sont expertes pour faire jouer la corde sensible, vous le savez aussi bien que moi. Quoi qu'il en soit, nous sommes une entreprise privée, dont le but est de dégager des bénéfices en proposant un service. Un service appréciable. Pas mal de patients nous doivent leur santé. Enfin, des gens comme cette dame n'auraient pas l'idée d'aller chez le boucher en annonçant qu'ils n'ont pas de quoi payer la viande.

Elle me considéra un instant et argumenta d'une voix calme :

— Oui. Mais on peut se passer de viande si c'est trop cher. Et c'est sans doute ce qu'elle fait déjà. En revanche, il est beaucoup plus difficile de regarder son enfant mourir. Enfin, je mettrais ma main à couper que cette femme dit la vérité.

— Il y a des millions d'enfants qui meurent toutes les semaines, madame Angèle.

— Ça veut dire qu'il est inutile d'en sauver un si l'on peut ?

Un court silence s'installa. Elle reprit d'un ton si enjoué que je pensai le débat clos. Je vous l'ai dit, je connaissais mal les femmes à l'époque. Je n'avais aucune idée de l'ampleur de leur obstination sur certains sujets.

— Monsieur Paul… vous aviez évoqué une prime de fin d'année pour Émilie et moi ?

Rassuré, puisqu'on revenait à des choses que je maîtrisais très bien, j'expliquai :

— En effet. Bon, je n'ai pas encore calculé le pourcentage en regard des bénéfices, j'attends le début d'année, mais ça devrait tourner autour de 3 000 chacune.

— Merci, déclara-t-elle dans un grand sourire. C'est important d'être appréciée. J'abandonne ma prime à cette femme. Il ne reste plus qu'à trouver 2 000 euros.

J'hésitai entre l'agacement et l'attendrissement. Si Mme Angèle poursuivait dans cette voie, elle serait sans doute une sainte, mais une sainte fauchée.

Qu'est-ce qui la poussa à me dire : « Elle s'appelle Tess McGuire et son fils Joseph, Joe » ?

Tess, Joseph, Joe ne sont vraiment pas des prénoms ou diminutifs rares aux États-Unis, mais j'en restai stupéfait.

… Mary-Jane Barton, mère célibataire d'Alabama, avait tenté de ramasser de l'argent. Son fils, Joe, âgé de dix ans, mourait d'une hépatite toxique… M. Tanaka, et ses fragiles fleurs de cerisier.

… Une chambre qui sentait la mort, la souffrance, les excréments… Mme Tess assise dans son lit, frêle oiseau qui n'avait plus que la peau sur les os, les cathéters de ses perfusions diverses et variées arrachés, gisant au sol. Mme Tess, sa tête sur mon épaule. Un long soupir de soulagement. Puis, elle s'affaissait contre moi… « *There is nothing to be afraid of, son.* »

Des signes, encore des signes, mais je ne les voyais

pas à l'époque. Je crois qu'ils me faisaient peur. Quand on voit un signe, et qu'on sait qu'il s'agit bien d'un signe, on se sent coupable de ne pas y répondre. Or je n'avais pas envie d'y répondre. Pas encore. J'avais la trouille, mais je ne le savais pas. Au fond, inconsciemment, j'avais la trouille du changement qui allait s'opérer en moi dès que j'aurais compris les signes, remarqué les graviers. Ça revenait à abandonner un truc que je comprenais bien, mon univers actuel que je maîtrisais, pour aller vers un autre monde auquel je ne connaissais rien. Une autre planète dont j'ignorais tout.

Sans même réfléchir, je m'entendis décider :

— Bon. Vous gardez votre prime, madame Angèle. Beau geste, très beau, mais vous ne pourrez jamais éponger toute la misère du monde. On fait crédit à cette dame. Reconnaissance de dettes de sa part, remboursable sur deux ans. Il s'agit d'une exception, madame Angèle, j'insiste sur ce point et je ne veux plus entendre parler de cas similaires, aussi sincères soient-ils.

— C'est bien, monsieur Paul, merci, lâcha-t-elle avant de sortir.

Je ne sus pas si elle voulait dire que c'était bien ce que j'avais fait ou si « bien, elle avait compris qu'il s'agissait d'une entorse exceptionnelle à notre règle ». D'ailleurs, je ne suis même pas sûr de m'être posé la question sur le moment. J'essayais de boucler une grosse journée, Benoît et Stéphanie m'ayant invité à passer le week-end dans leur maison normande.

Là, je suis certain de réécrire l'histoire avec ce que j'ai appris depuis. Je crois que Mme Angèle savait déjà ce qu'il me faudrait encore du temps avant de comprendre : bien sûr qu'elle n'épongerait pas toute la misère du monde. Elle venait juste de sauver un petit grain de sable du nom de Joe. Si chacun d'entre nous « gagnait » son grain de sable, on ferait une énorme montagne. Je vais vous paraître insensé, mais je crois, au plus profond de moi, que si cette scène ne s'était pas déroulée dans mon bureau, ce vendredi-là, si cette autre Tess, cet autre petit Joe n'avaient pas fait involontairement irruption dans ma vie, je serais passé à côté du – ou plutôt de la – Yoda qui illumine maintenant chaque instant de ma vie, qui l'a transformée en merveille. En fait, ce n'est pas moi qui serais passé à côté d'elle, mais elle qui ne m'aurait même pas vu. Yoda-Leonor est dotée d'une multitude de petites « antennes ». Elle flaire les êtres. Si leur « odeur » (elle parle d'aura) ne lui évoque rien, elle ne les voit même pas. Ils deviennent une autre voiture garée le long d'un trottoir, un pilier téléphonique, un banc municipal, une boîte à lettres. Bref, un objet du décor parmi d'autres.

Stéphanie avait accouché d'un petit Thomas trois mois plus tôt. Benoît virait au papa poule version hystérique. On aurait cru qu'il avait porté et mis au monde vingt-cinq enfants avant Thomas tant il pontifiait, expert improvisé dans tout ce qui concernait l'univers d'un bébé. Il inondait Stéphanie de conseils. Je l'admirais, toujours souriante, hochant la tête en signe d'approbation, alors qu'à sa place j'aurais envoyé mon ami sur les roses. À un moment, alors qu'il me saoulait avec les vertus de l'allaitement maternel, je balançai :

— Non, parce que tu crois que Stéphanie n'est pas

au courant et que ce n'est pas pour cette raison qu'elle nourrit Thomas au sein ? C'est juste pour le bonheur de se réveiller toutes les nuits et de porter des soutifs spéciaux ou de tacher son corsage avec des montées de lait ? Tu es dermato-vénérologue. Ni gynéco, ni obstétricien, ni pédiatre. Tu nous évites le baby blues, s'il te plaît.

— Ouais, je sais que je gonfle tout le monde, avoua mon ami, dépité. Mais je ne peux pas m'en empêcher. C'est mon premier. Je veux que tout soit parfait. Enfin, tu ne peux pas savoir ce que ça représente pour moi… d'abord Stéphanie et maintenant Thomas… Bon, j'essaie de me calmer. Du moins pendant le week-end.

Non, en effet, je ne savais pas.

Le samedi s'écoula, agréable, peinard. Nous étions crevés et une journée de repos n'était pas superflue. Nous participâmes tous à la cuisine. Enfin, Stéphanie et moi, Benoît n'ayant jamais intégré qu'il fallait casser un œuf avant de le faire frire. J'exagère à peine. Je ne prétendrai pas être expert en la matière mais je fais un merveilleux marmiton : j'obéis au doigt et à l'œil à la chef-cuisinière. En soirée, avachis sur les canapés, on se regarda deux bons films avant d'aller se coucher vers 23 heures. Stéphanie faisait des allers et retours dans la chambre du bébé qu'elle trouvait un peu fiévreux.

Le lendemain, après le petit déjeuner, je proposai une balade dans les bois avoisinants. La journée était fraîche mais belle. Mais Thomas était toujours un peu fiévreux et ronchon et maman et papa ne se montraient pas chauds pour l'embarquer, et encore moins le laisser. Je partis donc seul.

On était début novembre et la cueillette des champignons battait son plein. Étant à peine capable de reconnaître une amanite phalloïde d'un champignon de Paris, je considère qu'il s'agit d'un hobby sympa que je laisse aux autres. Moi, je me contente de les manger ! La forêt embaumait. J'adore cette odeur un peu lourde et âcre d'humus et de feuilles tombées. Je croisai quelques cueilleurs avec leur petit couteau et leur panier. Tout le monde se saluait gentiment. Un gros changement d'avec Paris où les gens vous regardent de plus en plus comme si vous alliez leur piquer leur montre.

Soudain, sur ma droite, un hurlement de femme. Un vrai hurlement de terreur. Je fonçai et débouchai dans un sentier. Il me fallut quelques fractions de secondes pour comprendre la scène. Un petit garçon en larmes, âgé de six ou sept ans, était planté au milieu du chemin forestier, l'air affolé. Dix mètres devant lui, un grand chien, sorte de rottweiller mâtiné de beauceron, babines retroussées, crocs découverts, le regard mauvais, grondait sourdement, prêt à bondir, les muscles bandés. Un autre hurlement, proche. Je tournai rapidement la tête. Une jeune femme tétanisée était plaquée face contre un arbre. La mère.

Je me rapprochai très doucement de l'enfant. Mon plan valait ce qu'il valait, mais je n'en avais pas d'autre. Je poussai le petit garçon derrière moi, pour faire face au chien. Inutile d'attendre un quelconque secours de la mère, paniquée. Je ne savais pas trop comment j'allais me démerder avec le fauve s'il me sautait dessus. Me revinrent des faits divers au cours desquels même des adultes avaient trouvé la mort face à des chiens féroces ou dingues ou les deux. En réalité, ce genre d'affreux accidents est très rare, mais ça marque les esprits. Je risquais de me faire salement mordre, mais je ne suis pas une petite chose. J'avais la ferme intention de le prendre à la gorge, quitte à l'étrangler. Il est sans doute superflu de préciser que je n'en menais pas large. Du tout. Soudain, sur ma gauche, une voix de femme, grave, lente, un peu essoufflée :

— Chut… Il est terrorisé. Le chien. Donc il est dangereux. Il va attaquer, ça se voit à ses oreilles et à la crête de poils sur son dos. Il est squelettique, sans doute maltraité. Ne dites rien. Ne criez pas. Ne faites pas de gestes brusques. Ne le provoquez pas, baissez les yeux.

Ce n'est qu'à ce moment-là que je me rendis compte que la voix était teintée d'un léger accent anglais. Tenant l'enfant derrière moi et surveillant le chien à la dérobée, je n'osais pas tourner la tête vers elle. Elle me dépassa. Elle était grande, mince mais avec des épaules assez carrées pour une femme, vêtue d'un t-shirt rose à manches longues et d'un treillis dont le bas des jambes disparaissait dans des bottes de caoutchouc. Elle tenait dans une main un panier rempli de cèpes, dans l'autre un couteau. Bon, du moins était-elle armée.

— Je… enfin, ne vous approchez pas… madame…

— Chuuut… *There is nothing to be afraid of. Stay where you are…* Restez où vous êtes.

Inclinant la tête, elle se rapprocha à petits pas lents du fauve. Je voyais les muscles de l'animal se contracter sous la robe noir et feu. Il allait sauter sur la femme, mais se retenait, je ne sais pas pourquoi.

L'autre femme, la mère, y alla d'un nouveau cri. Je me retournai, furax, inquiet, et jetai entre mes dents :

— La ferme !

La femme anglaise, à la lourde chevelure mi-longue très frisée, tirant vers le cuivré, s'immobilisa cinq mètres devant le chien, toujours tête baissée. Elle s'assit doucement en tailleur devant lui. En tailleur ! Devant ce clébard fou ! Elle posa son panier et son couteau et tendit les mains, paumes vers le ciel. Merde, pourquoi elle ne gardait pas le couteau !!!

— *Hush*[1]*... Hush... boy... There is nothing to be afraid of. Huuuusssshhhh...*

Des sons très doux, très calmes. Des sons de gorge. Ensuite, toujours en évitant le regard du chien, de légers gémissements, des petits cris de chiot. Je lus la stupéfaction puis la perplexité dans le regard noir du rottweiller. Le grondement se fit discontinu. Les babines se rabattirent. Il inclina la gueule, indécis, et avança de quelques pas. Les petits geignements de chiot continuèrent. Le fauve avança encore. Il était maintenant à un mètre du visage de la femme. Je paniquai, prêt à voler à son secours.

— *Nothing to be afraid of... Huuussshhh.*

Le chien la renifla, incertain. Il flaira les paumes offertes. Et l'invraisemblable se produisit : il s'assit en face d'elle. Elle patienta quelques instants avant de caresser le large poitrail, se releva lentement et se tourna vers moi. Je sus à cet instant précis que je venais de tomber amoureux pour la première fois de ma vie. Elle était au-delà de la beauté. Même si elle

1. « Chut ! »

était trop grande, trop d'épaules, pas assez de hanches, le front trop haut, la mâchoire trop dessinée pour une femme, c'était la plus belle femme du monde. Elle était éblouissante, radieuse. Une sorte d'éclat solaire.

Comment se faisait-il qu'elle ait employé à trois reprises la phrase de Mme Tess : « *There is nothing to be afraid of* » ? Envers moi, puis le chien. La démonstration du père Zach, une nuit dans une prison de San Francisco.

La jeune femme se précipita vers son fils, terrorisée, haletante :

— T'as rien, hein ? T'as rien, chéri ?

La peur nous fait agir si stupidement, si dangereusement pour nous et ceux qui nous sont le plus chers. Au point que cette mère avait abandonné son petit garçon face à un chien transformé en fauve par des humains. La peur engendre le danger.

Vous l'avez bien sûr deviné, le chien s'appelle maintenant Chewie, et suit Leonor à la trace.

L'Anglaise lâcha :

— Je m'appelle Leonor Strong. J'ai une maison à une trentaine de kilomètres. Je viens en balade ici. C'est un bon coin pour les champignons.

— Euh… Paul… Paul Lamarche… Mes amis possèdent une résidence secondaire… à cinq cents mètres d'ici. Ce que vous venez de faire est très courageux, mais imprudent.

— Pourquoi ?

Je regardai le chien qui s'était redressé et s'appuyait contre sa jambe, maintenant aussi inquiétant qu'un caniche nain. La mère et l'enfant s'étaient enfuis en courant, sans même penser à remercier l'Anglaise, ni moi, dans une moindre mesure. Mais peut-être la jeune femme s'en voulait-elle d'avoir réagi en lâchant son fils. Car la fausse peur engendre vraiment le danger. Mais en plus, le plus souvent, elle nous donne honte de nous.

— Ben, il avait l'air fermement décidé à attaquer.

— Oh, il aurait attaqué. Il était terrorisé, il fallait le rassurer. Lui montrer qu'il n'avait pas de raison d'avoir peur, donc de se défendre contre une menace qui n'existait pas.

Elle venait de résumer en trois phrases ma nuit de discussion avec Zach. J'eus soudain une envie folle de revoir le prêtre.

— Euh… et qu'est-ce qu'on fait maintenant ? Je veux dire avec le chien, demandai-je, ne me rendant même pas compte que je parlais au « nous ».

— C'est à lui de décider, murmura-t-elle. Venez, ma voiture est garée au bout de chemin. (Baissant les yeux vers le chien, elle lui demanda :) *Are you coming with us, boy*[1] *?*

Elle avança de quelques pas, et le chien trottina à ses côtés. Nous rejoignîmes sa vieille Jeep qui devait avoir fait la Première Guerre mondiale. Le chien sauta à l'arrière sans une hésitation. Elle m'expliqua qu'elle était traductrice pour des sociétés, des banques françaises, des compagnies d'assurances.

Le vétérinaire du coin, chez qui elle faisait soigner sa chatte, nous confirma que le croisé rottweiller n'était pas tatoué ni porteur d'une puce et qu'il était âgé d'environ trois-quatre ans. En revanche, il avait eu les deux

1. « Tu viens avec nous, mon gars ? »

tympans explosés, sans doute par des coups, et il lui manquait cinq kilos pour atteindre un poids à peu près normal. Sans l'ombre d'une hésitation, Leonor déclara :

— Je le garde. Je ne veux pas qu'il retourne chez ses abrutis de maîtres. Vous avez vu dans quel état ils l'ont mis ?

Le véto, un grand type très brun, au calme olympien, approuva :

— Je suis content pour lui, Leonor. On le puce le plus vite possible, on envoie la carte. Comme ça, si les anciens maîtres se pointent, le chien est à vous. Et si vraiment ils insistent, vous m'appelez. Je vous sors une énorme facture de frais concernant des soins bidons dont vous exigez le remboursement, en plus de la pension, contre restitution de l'animal. D'après mon expérience, personne n'insiste dans ce cas. Je ne vous ai rien dit, bien sûr.

Je le trouvais super-chouette, ce mec. Leonor inclina la tête sur le côté et lui adressa un sourire attendri, dont je regrettai qu'il ne me soit pas destiné. Le véto poursuivit :

— Mais vous pouvez réfléchir encore quelques jours. C'est un gros chien. Psychologiquement, il y aura du boulot, entre beaucoup de tendresse et un peu de fermeté, et ça bouffe comme quatre. En plus, vu son état, je doute qu'il soit vacciné. Bon, on s'arrange, comme d'habitude.

Je compris l'allusion élégante. Leonor ne devait pas rouler sur l'or et le véto lui faisait crédit. Une flambée de honte m'envahit. Moi, il avait fallu que ma collaboratrice abandonne sa prime pour que j'accepte de faire crédit à une Américaine dont le gamin était malade. Paul, pauvre mec !

— Non, vous le pucez et vous le vaccinez tout de suite, s'il vous plaît, décida Leonor dans un nouveau sourire.

Un peu gêné, je proposai :

— Euh… après tout, je suis… euh… le parrain… Euh… c'est mon cadeau de bienvenue.

Elle me destina, enfin, un regard qui me liquéfia de joie. Il ne s'agissait pas de reconnaissance, ni rien. J'eus soudain la sensation qu'elle voyait vraiment pour la première fois le type qu'elle venait de rencontrer en forêt.

Selon Leonor, Chewie restera toujours peureux, donc, potentiellement agressif. Les chiens possèdent un néocortex relativement peu développé par rapport au nôtre. Bien dressé, notre néocortex peut juguler ou disperser nos peurs. Au début, cela implique un entraînement de chaque jour. Foutus cerveaux reptilien et limbique. Ils résistent. On peut s'en féliciter d'une certaine façon puisque ce sont eux qui sont à l'origine de notre instinct de survie, de nos émotions, de notre adaptation à notre environnement social, du stockage des souvenirs, etc. Le néocortex, lui, manipule les concepts, le langage. Il crée et comprend la logique et la morale au sens large. Il peut prendre de la distance par rapport à un événement, l'analyser, le dégoupiller comme une grenade qu'on rend inerte et inoffensive, etc. Le problème, c'est que la communication entre les trois cerveaux est souvent difficile, pour ne pas dire parfois impossible, expliquant qu'on agisse de façon impulsive alors que l'on sait en toute logique que ce n'est pas souhaitable. Quant au reptilien qui n'entend rien et surtout pas les arguments, il nous insuffle la peur, l'envie de fuir ou de combattre, selon les cas. D'un autre côté, notre néocortex ne doit pas avoir la main sur tout. En effet, lorsqu'il décide rationnellement ou philosophiquement que le moment est venu de nous suicider, par exemple, les deux autres cerveaux, et surtout le reptilien, sont là pour le combattre, pour nous pousser à rester en vie.

Il en découlait que la communication entre mon reptilien, mon limbique et mon néocortex était plus que foireuse.

Une fois sortis du cabinet, on se retrouva un peu bêtes dans la rue. Seul le chien semblait trouver la situation parfaitement normale. Soudain, elle déclara :

— Je vous invite à déjeuner ? Je n'ai pas grand-chose, mais j'ai fait une belle cueillette de cèpes. Une omelette salade ? Je dois pouvoir trouver un bon petit vin. J'ai du fromage et des compotes de fruits maison, aussi.

— Avec plaisir. Euh… je vais appeler mes amis…

Elle s'écarta pour me laisser téléphoner.

Je dus être confus dans mes explications, puisque Benoît me demanda :

— Ça va ?

— Ça va, super-bien, vraiment super-bien.

— Donc, tu as recueilli un énorme chien ?

— Non, non…

J'y allai d'une deuxième couche.

— Ah, ah… pouffa mon ami. Une Anglaise, et gaulée comment ?

— Étonnant, mais c'est pas trop le problème. C'est assez indescriptible.

— Oh la la ! plaisanta Benoît. Bon, ben, tu nous rejoins après ton déjeuner et plus si affinités. On rentre sur Paris vers 19 heures.

On prétend que les hommes sont souvent bouchés en ce qui concerne les lieux, qu'ils ne remarquent rien ou pas grand-chose. Je pense plutôt que c'est parce que ça ne nous intéresse pas vraiment d'étudier une armoire ou un papier peint. En tout cas, je me débouchai à la vitesse de l'éclair en pénétrant chez Leonor. J'avais l'impression que chaque détail s'imprimait sur mes rétines. L'attitude du chien me sidéra. Attendant qu'elle ouvre la porte vitrée, il remuait son moignon de queue comme s'il rentrait chez lui.

Elle se baissa et lui expliqua gentiment :

— Bon, je ne sais pas si tu aimes les chats. J'ai une angora, Bella, que j'adore. Donc, tu ne lui fais pas de mal.

Elle décrocha la laisse et le vieux collier que le véto lui avait donnés.

— Il vaudrait peut-être mieux le garder attaché pour la première rencontre, voir comment il réagit, suggérai-je.

— Je ne crois pas. S'il est en laisse, il est en infériorité et il sait que j'ai peur d'une menace. Donc, il va devenir agressif parce qu'il ignore comment se comporter. J'ai peur, donc il a peur. La peur se sent.

D'accord, d'accord, si vous le dites ! Toutefois, je me voyais déjà séparant un chien d'un chat, plongeant dans la mêlée, tentant d'éviter les griffes de l'une, les crocs de l'autre. Nous pénétrâmes dans un grand salon. Une angora noire, souriante (crétin à dire dans le cas d'un chat, mais elle souriait, j'en suis certain), était assise sur la table basse, attendant sa maîtresse. Je sentis la soudaine tension du chien qui grogna. Je le voyais déjà bondir sur la chatte en la confondant avec une saucisse cocktail. De fait, il fonça et je criai, aussitôt rappelé à l'ordre par un « chuuuttt » très doux de Leonor. Bella, l'air un peu étonnée par ce remue-ménage, fixait le chien, sans bouger. Le gros mufle s'arrêta à dix centimètres de sa tête. Toujours immobile, elle ouvrit la gueule et proféra un « miippp » réprobateur. Ahuri, le chien la scrutait, tournant la tête vers Leonor, semblant quémander une explication à cette scène surréaliste de l'avis d'un chien. Normalement, la chatte devait avoir peur. Elle se sauvait en miaulant, donc il la pourchassait et, s'il la rattrapait, il la tuait.

La scène présente ne faisait absolument pas partie de son schéma, parce que la chatte n'avait pas du tout peur. Elle ne se comportait pas en proie, et il en restait comme deux ronds de flan. On ne peut certes pas assimiler les humains aux animaux. Toutefois, les comportements de ces derniers sont parfois si similaires aux nôtres qu'ils deviennent un précieux enseignement. Notamment dans le cas des comportements de base, tels que la peur.

— Bienvenue à la maison, le chien ! s'esclaffa Leonor. Allez, on va te donner à manger, tu en as besoin. Des croquettes à chat avec un peu de gruyère râpé, ça devrait aller pour cette fois. Ensuite, les humains s'installeront. Et, ce soir, on entre tous les deux dans la douche… tu pues, tu as le poil terne et je suis sûre que tu grouilles de puces.

Elle ôta ses bottes de caoutchouc et je remarquai qu'elle portait d'épaisses chaussettes vertes en laine bouclette qui me parurent absolument craquantes (je sais que c'est bête, mais j'en garde un souvenir très précis).

Je crois que ce que j'ai fini par nommer « mon électrocution » survint à ce moment-là. Et je pense que Leonor lut sur mon visage qu'un truc définitif venait de se passer en moi. Des fils électriques épars, alimentés par le courant depuis des années, venaient de se rejoindre. Méga-prune ! Méga-choc qui me laissait complètement désorienté. Tout s'emmêlait : Zach, M. Tanaka, Mme Tess, Leonor, la juge Griffin et même le chien. Je savais que l'explication, la solution se trouvait au milieu de ce chaos d'émotions, de souvenirs, de choses fondamentales que j'avais vues, entendues sans vraiment les comprendre, les ressentir.

Nous suivîmes Leonor – l'homme, le chien, la chatte – dans la cuisine spacieuse, meublée de bric et de broc, mais une pièce dans laquelle on aimait vraiment préparer à manger. Tout le reste était à cette image. À celle de Leonor. Des pièces lumineuses, avec des meubles, des tapis qui n'avaient rien de luxueux mais étaient beaux parce qu'ils servaient, qu'on les aimait et qu'on s'en occupait. Deux canapés en buffle, passablement éraflés, qui avaient connu des jours plus glorieux deux vide-greniers plus tôt. Et puis des livres, plein de livres rangés dans des bibliothèques de fortune faites de piles de briques anciennes soutenant de grandes planches de bois lasurées de blanc. Des poufs parsemaient le sol, en cuir, en tapisserie, en épais lin, en velours.

Le chien patienta, assis, le mufle levé vers la femme qui en quelques minutes était devenue sa maîtresse et son sauveur, bref sa vie. Son moignon de queue, sous son derrière massif, balayait frénétiquement le sol. Il avala sa gamelle, nous jetant parfois des regards inquiets, se demandant si vraiment c'était à lui, si vraiment on lui offrait toute cette nourriture. Leonor le rassura de petits mots murmurés. Il s'affala ensuite, sans aucune grâce, sur le carrelage noir et blanc, rassasié, heureux. Je m'adossai à un mur, la regardant préparer notre déjeuner, demandant parfois d'une voix sans conviction :

— Je peux vous aider ?

— Inutile, me répondit-elle chaque fois en riant.

Au fond, depuis tante Catherine, je n'avais jamais vu une femme faire la cuisine. Hormis Stéphanie, mais elle faisait la cuisine pour son mari. Je voulais dire « me faire la cuisine ». Franchement, ça ne m'avait pas manqué, au point que je n'y avais jamais pensé avant cet instant. Mais là, ce ballet de gestes très sûrs, très efficaces mais jolis me ravit. D'accord, j'étais déjà sous le charme. Grave, même.

Bien sûr, l'omelette aux cèpes, la salade aux graines de fenouil, le pinard, le pain, le fromage, la compote de quetsches, tout me parut délicieux. Je pense que je n'oublierai jamais le saladier, un vieux truc, sans doute acheté dans une brocante pour deux clopinettes, une faïence beige et bleu pâle, portant la cicatrice des ans et de l'usage sous forme de longues balafres marron. Le téléphone sonna à trois reprises. Chaque fois, elle eut un sourire et un geste :

— Je rappellerai.

Nous parlâmes et parlâmes et parlâmes. Je lui racontai ma vie avec une sorte de simplicité, de facilité que je n'avais pas éprouvée depuis des lustres, et certainement pas envers une femme. C'est à ce moment-là que les choses se mirent d'elles-mêmes en place dans mon esprit, tous ces incidents, ces épisodes, ces rencontres que j'avais entassés dans un coin de mon esprit. Soudain, la séquence d'une merveilleuse et implacable cohérence m'apparut : tante Catherine, Zach, Mme Tess, Tanaka, elle. Une joie invraisemblable m'envahit. Je crus que j'allais me lever et la serrer à l'étouffer dans mes bras. Leonor se transformait en catalyseur, presque magique. La coïncidence n'en était plus une. Non, je n'avais pas rencontré au pif cette Anglaise et son panier de cèpes dans la forêt, non loin de la résidence secondaire de mes amis. M'en voulant quand même de cette superstition qui se frayait un chemin en moi, j'en vins presque à croire que cette rencontre était prévue, qu'une sorte de logique y avait présidé, tirant les ficelles de l'improbable.

Je la questionnai ensuite, avançant instinctivement à pas comptés. Elle hésita d'abord, puis se livra, peu à peu, par touches. J'étais fasciné par ce qu'elle me racontait, tout en me demandant depuis quand la vie d'un autre être m'avait à ce point passionné. Jamais. Parfois, elle s'interrompait, cherchant un mot, sa paume ouverte tendue vers moi. Il me sembla qu'il s'agissait du geste le plus bienveillant, le plus intelligent que j'aie vu depuis longtemps. À une ou deux reprises, ses yeux très bleus se liquéfièrent d'un très ancien chagrin. Elle ferma alors les paupières, secouant la masse de ses cheveux, murmurant :

— Non… Pas grave. Le passé n'a d'importance que parce qu'il a tissé le moment présent, ici, maintenant, avec toi. Ce qui prouve que le passé est précieux, même lorsqu'il est blessant.

Je ne raconterai pas le « voyage » de Leonor. Il ne m'appartient pas de le faire. Disons simplement qu'elle était arrivée des années auparavant à l'endroit mental où je me trouvais précisément à cet instant. Elle avait deux ans de plus que moi, était née à Londres, avait été mariée très brièvement et assez jeune. C'est tout ce que je révélerai de son histoire, de sa marche sur deux jambes. Le reste lui appartient. Peut-être à moi aussi, si elle le désire. À un moment, alors que je lui racontais mon premier voyage à San Francisco et mon séjour en taule, elle éclata de rire. Puis, soudain très sérieuse, elle déclara :

— Il faut retourner voir Zach, Paul.

— Il n'a jamais répondu à mes lettres. Je pense qu'il m'a oublié.

— Oh non. Ce genre d'homme n'oublie jamais les graviers qu'il sème. Libre à toi de les ramasser ou de les ignorer.

Je n'étais même pas surpris qu'elle utilise ce terme de « gravier ». C'est juste que j'avais l'impression depuis quelques minutes de courir après les retards de ma vie. Je ne suis pas clair. Depuis huit ans, des êtres différents, exceptionnels, avaient semé des graviers sous mes pas afin de m'aider. J'avais vu les graviers. À maintes reprises. Je rampais, donc j'avais le nez dessus. Jamais je ne m'étais redressé sur mes deux jambes pour les ramasser, en faire quelque chose. Cet après-midi-là, je me relevai enfin. Je me mis sur mes jambes, avançant un pied devant l'autre. Je n'avais plus peur des graviers. Plus peur de rien de ce qui m'avait effrayé avant, sans que j'en aie jamais conscience. J'eus la même sensation qu'un type qui aurait erré dans le désert, en pleine déshydratation, et qui soudain plonge dans une piscine d'eau fraîche.

Marcher sur deux jambes n'est pas simple. On perd l'équilibre, on se mange des gamelles, ça fait parfois mal, mais on repart. Ce qu'il faut savoir, c'est qu'une fois qu'on sait marcher, on ne sait plus ramper.

— Comment veux-tu qu'on l'appelle ? Le chien. Tu es son parrain.

— Euh… Chewie ?

Elle frappa dans ses mains d'amusement.

— Ah ! La grande carpette velue de *Star Wars* ? Bien. Ça me plaît. Moi, j'adore Yoda.

Merde, il était 20 heures. Mais comment, comment ? Toutes ces heures que je n'avais pas vues passer !

Benoît, de plus en plus agacé, m'avait laissé quatre messages. Ils repartaient et laissaient ma voiture dehors, avec mon sac de voyage.

« Putain, Paul ! T'es chiant. J'espère au moins que c'était un super-coup ! »

Je n'y avais pas pensé. Au sexe, je veux dire. Je savais juste que, si elle était d'accord, je ne la lâcherais plus d'une seconde. Ahurissant, mais parfaitement sincère.

Benoît le comprit très vite le lendemain matin. Il y a des trucs entre amis qu'on n'a pas besoin d'expliquer.

— Bon, la noce est pour quand ? Évidemment, on meurt d'envie de la rencontrer.

Ça ne me parut même pas ahurissant qu'il évoque le mariage. Pourtant, dès qu'une femme apportait sa brosse à dents chez moi, j'avais des envies de fuite. Je souris :

— Je ne sais pas si elle aura envie de me revoir.

— Euh… faudrait peut-être demander son avis à la dame ? J'ai l'impression qu'on n'en est même pas aux prémices, si ?

— Ben, peut-être qu'une omelette aux cèpes et une discussion à perdre haleine et le fil du temps, ça peut constituer des prémices, j'argumentai.

Benoît, qui luttait avec vaillance, mais sans grand succès, contre la calvitie et un début d'embonpoint, me considéra. L'air aussi sérieux qu'une crise cardiaque, il lâcha :

— Je vais te dire un truc… J'ai presque du mal à me souvenir de la façon dont je vivais avant Stéphanie et Thomas… et en plus, je m'en fous. Bordel, mec, je me sens tellement bien dans mes pompes aujourd'hui. Même mon père me fait marrer alors que je tremblais devant lui. C'est dire.

Puis, faussement vachard, il me balança :

— En plus, Paul, je ne veux pas être désagréable, mais tu ne rajeunis pas !

— En tout cas, si noce il y a, ce sera à San Francisco.

Je restai comme un crétin après cette phrase. Reprenons : j'avais passé quelques heures étonnantes, modifiantes, avec cette femme qui semblait tombée d'une autre planète, mais je ne l'avais même pas embrassée, ni rien. D'ailleurs, je ne lui avais même pas serré la main en partant.

— Toujours faire simple ! plaisanta mon ami.

Après le départ de Benoît, je bossai. Un peu ailleurs. Pas mal, même. Mon esprit ne cessait de vagabonder, de revenir à cette maison, à cette femme à la voix grave, à ces canapés en buffle éraflé, à l'omelette, au chien, au véto, à San Francisco, à Zach, à tante Catherine, pas nécessairement dans cet ordre.

Surtout, un truc me tracassait. Jusque-là, je m'étais toujours débrouillé pour laisser aussi peu d'espoirs, de traces que possible à mes compagnes d'une nuit, de deux ou d'une semaine, voire d'un mois dans la meilleure des configurations. Je n'avais attendu un coup de fil de ces dames, archi-sympas pour la plupart, que dans l'espoir de « conclure ». Et là, je n'arrêtais pas de penser à Leonor, tout ça pour un clébard agressif, une omelette aux champignons et une paire de chaussettes, assez moches, en laine bouclette verte. Et pourtant, le terme honni, terrorisant, de « mariage », celui qui me faisait venir des gros boutons partout, était sorti de ma bouche, sans même que je m'en aperçoive. On se calme, Paul ! On se calme, on se calme, d'accord ? N'empêche que je dus lutter contre moi-même pour ne pas l'appeler.

Une idée affreuse me tomba dessus vers midi : et si elle avait été juste sympa à cause du chien, m'invitant pour un déjeuner impromptu parce que j'avais payé le véto ? Non. Non, pas elle. Non, Leonor était du genre à vous planter sur le trottoir, sur un grand sourire et un « merci » si elle n'avait pas envie de prolonger la relation. D'un autre côté, qu'est-ce que j'en savais, après tout ? Tu te calmes, mon pote. Quoi, quel « genre » ?

Tu ne la connais que depuis quelques heures. Non, je la connais si bien.

Je déjeunai à la grande table d'hôtes de mon petit restau habituel, environné de gens qui discutaient, téléphonaient, mais seul, imperméable aux bruits qui me parvenaient comme filtrés au travers d'une ouate épaisse. Lorsqu'il me servit mon café, le patron, un gros gars malin mais sympa, me lança :

— Vous semblez ailleurs, monsieur Paul. Ça va ?

— Ben… je ne sais pas trop, Gérard. Ou ça va super-bien, mieux que jamais, ou c'est la cata, répondis-je, sans même réfléchir.

Il me considéra un instant, bouche serrée, et jeta :

— Hum… une femme ?

— Peut-être LA femme, je souris.

— Oh là, pas simple !

De retour au bureau, je ne me sentais pas top. Une vague migraine, une nausée lointaine m'avaient envahi, me laissant avec une énergie de limace. Je n'arrêtais pas de me seriner « bordel, mec, tu l'appelles. On arrête avec les plans cours préparatoire ». Et pourtant, je ne parvenais pas à me décider. Je passai donc une bonne heure à surfer sur Internet, des trucs qui ne m'intéressaient pas le moins du monde, me tirant à moi-même la gueule. Je m'injuriai en silence : « t'es vraiment trop con, mon pote ! », « lâche-moi, j'te dis ». Vers 16 heures, Émilie me passa un appel « d'une dame anglaise ou américaine, une certaine Leonor Strong ». Mon cœur battait la chamade lorsque je décrochai.

— Tu vas ? Tu me manques. J'ai fait un curry végétarien avec des nans au fromage et un crumble aux poires pour ce soir… Je ne mange pas de viande, au fait.

Sans blague, j'eus soudain presque envie de pleurer. Elle me parlait comme si nous avions passé notre vie ensemble, comme si un lien très puissant nous unissait, au lieu de quelques heures autour d'une table, en compagnie d'un gros chien famélique qui, de fait, puait. Tout s'emmêlait dans ma tête mais ça m'était complètement égal.

Un curry végétarien. Je ne rêvais que de ça, moi le mangeur de côtes de bœuf et d'entrecôtes ultra-bleues, le dévoreur de tartare.

— J'arrive.

Cette nuit-là… eh bien, cette nuit-là fut… inoubliable, si différente, si parfaite, si indescriptible. On est bien d'accord que la baise, c'est la baise, un moment super-agréable, où on donne et reçoit, voire où on donne pour recevoir, mais avec respect et amitié. Et puis, un jour, une nuit, on fait l'amour, au sens réel du terme. On fait que l'amour trouve une traduction physique, qu'il explose entre les draps. Un jour, une nuit, on surveille les paupières de l'autre, la façon dont elles se ferment, se serrent, se soulèvent. La façon dont son souffle se retient, puis sort de sa bouche entrouverte. La façon dont ses cuisses se crispent, se détendent, sursautent. La façon dont un murmure, un son de gorge signifie mille choses. Cette nuit-là, ce fut tout cela.

Au matin, crevé, vraiment crevé puisque nous n'avions dormi que deux heures, mais bien dans mes pompes comme jamais je ne l'avais été, je lâchai :

— Je voudrais te présenter Zach.

— J'ai très, très envie de rencontrer le semeur de graviers.

Elle éclata de rire, précisant :

— Non, là tu enfiles ton caleçon à l'envers. La braguette doit se trouver devant. C'est plus pratique.

Bien sûr, Benoît voulut tout savoir lorsque j'arrivai dans nos bureaux peu avant midi, pâle et des cernes jusqu'aux genoux mais un sourire godiche aux lèvres. Comment dire… je fais ou plutôt faisais partie d'une majorité d'hommes, je crois. Ceux qui n'hésitent pas à relater entre copains leurs exploits sexuels (les échecs, on passe sous silence), parfois en en rajoutant un peu, quitte à utiliser des remarques graveleuses, mais seulement lorsqu'il s'agit de « bonnes affaires », bref de « coups », et je ne l'utilise pas de façon méprisante pour les partenaires. Lorsque le sexe signifie autre chose qu'un bon moment partagé, nous devenons presque prudes. Comment donc évoquer, sans entrer dans les détails, cette première nuit avec Leonor ? Bon, d'accord, c'était du sexe, du sexe terriblement intime, terriblement généreux et passionné. Mais surtout, pour la première fois de ma vie, j'avais eu la certitude de plonger dans le corps de l'autre. Que ses cellules devenaient les miennes. Je n'avais pas besoin de demander, de chercher. Je savais instinctivement ce qu'était son corps, ce qu'il attendait du mien. L'inverse était vrai aussi. Elle savait exactement qui j'étais, ce que j'espérais sans le savoir. Il ne s'agissait certainement pas de « techniques de baise » mais d'une fusion follement sensuelle, émotionnelle, passionnée où chacun cessait de prétendre et mettait tout ce qu'il avait au plus profond de lui.

Benoît le comprit très bien et n'insista pas. Après tout, il était maintenant un homme très heureusement marié et jamais, au grand jamais, il ne m'aurait raconté quoi que ce soit sur ses nuits de fièvre avec Stéphanie.

Le lendemain, j'écrivis à Zach, une lettre d'une dizaine de pages, pas mal désordonnée et embrouillée, surchargée de retours en arrière, de points d'interrogation ou d'exclamation, et sans doute truffée de fautes d'orthographe puisque je parle bien mieux l'anglais que je ne l'écris. J'aurais pu demander son aide à Leonor, mais une impérieuse sensation m'en dissuada. Je terminais mon voyage vers ma vie, un voyage de moi à moi, qui m'avait, entre autres, conduit vers elle, mais un voyage initié par Zach. La conclusion devait donc rester entre nous deux, anciens compagnons de cellule et de route immobile, coincés dans six mètres carrés, bordés de grilles. Tout se précipitait dans mon esprit, mes mains n'allaient pas assez vite sur le clavier pour suivre le flot de mes pensées. Tant de souvenirs médiocres.

Puis ces Yodas, ces gens magnifiques qui avaient croisé mon chemin. Puis tant de joie, tant d'envies pour ma vie avec Leonor. Je lui expliquai que j'avais enfin trouvé les graviers, dont les premiers, ceux qu'il avait semés pour m'aider. J'insistai sur le fait que je m'étais assez mal démerdé durant des années, mais qu'au fond, cela n'avait plus grande importance, puisque je m'étais mis sur mes deux jambes pour avancer. Je terminai en déclarant que je n'avais aucun regret pour ma lenteur, puisque le chemin avait été aussi important que l'endroit où j'étais enfin parvenu. D'ailleurs, il n'existerait pas de destination s'il n'y avait pas de cheminement. Je n'avais probablement pas été son « élève » le plus doué, le plus réceptif, mais j'y étais enfin arrivé. Et puis, à bien y réfléchir, il fallait que toutes ces années durant lesquelles j'avais étouffé le véritable moi, par peur, aient existé pour me contraindre à marcher. Je conclus en lui rappelant ce qu'il m'avait dit, que tout était déjà en moi et qu'il suffisait de le laisser parler. Je lui donnais mon adresse e-mail, quoique doutant qu'Internet ait fait une entrée fracassante dans sa vie, ainsi que mon numéro de portable et de bureau.

Lorsque, quelques jours plus tard, Émilie me passa une communication, précisant d'un ton un peu étonné qu'il s'agissait d'un prêtre américain, un certain Zach Lamont, j'éclatai de rire, à la fois bouleversé et si heureux.

Zach nous a mariés à San Francisco, en septembre de cette année-là, dans son quartier un peu pourri du Tenderloin, le genre d'endroits où il convient de faire gaffe. D'un autre côté, c'est un quartier cosmopolite où l'on peut déguster pour trois fois rien à peu près toutes les cuisines de la planète. À part ça, il possède le douteux record du plus grand nombre d'homicides dans San Francisco.

Je ne peux pas prétendre que, soudain, j'aimais la terre entière, ces poivrots, ces junkies, ces êtres qui avaient perdu une partie de leur esprit dans le chaos de leur vie. Mais je n'en avais plus peur, cette peur idiote et irrationnelle de ce qui est différent. Je suivis du regard une fille, qui avait dû être jolie un jour mais semblait avoir cent ans alors qu'elle ne devait pas être âgée de plus de trente, défoncée, bourrée, qui titubait en marmonnant je ne sais pas quoi. Grillée. La main de Leonor se faufila dans la mienne et la serra. Je compris ce qu'elle ne disait pas. Cette junkie était un des trophées de la peur. C'était la peur, qu'on l'appelle mal-être ou autre, qui l'avait poussée ici. La peur qui allait lui faire la peau dans très peu de temps, d'une overdose, ou d'une mauvaise rencontre.

Je n'ai aucun reproche à faire. Je serais d'ailleurs très mal placé pour m'y risquer, étant donné mon parcours d'escargot alors même que j'avais bénéficié des énormes coups de pouce et de l'amour de tante Catherine. C'est terriblement difficile d'affronter sa peur, j'en sais quelque chose. Ça demande beaucoup de courage puisqu'il faut avoir l'honnêteté de se mettre à poil mentalement, et cela ne fait plaisir à personne. Il faut prendre la peur à bras-le-corps et elle a la peau dure. Elle est sournoise et possède plein d'arguments pour essayer de vous convaincre que non, non, elle est juste là pour vous aider, vous protéger, même contre vous-même. Et elle ment. Elle ment et elle triche parce qu'elle veut garder son pouvoir sur nous.

Les retrouvailles avec Zach furent stupéfiantes. À un moment, j'eus la sensation que j'avais quitté le père Zachary Lamont la veille. Je ne suis même pas sûr qu'il avait vieilli. Je serrai Mister Montagne contre moi, comme un frère. Non, comme un père, justement. Un père qui, une nuit, m'avait soulevé par l'épaule pour m'apprendre à marcher sur mes deux jambes. D'accord, il m'avait fallu quelques années pour le mettre en pratique, pour le sentir dans chacun de mes muscles, de mes cellules. Mais j'y étais arrivé. Je n'avais plus peur. J'avais fait la nique à la fausse peur. Un gigantesque bras d'honneur et elle savait que je ne plaisantais pas, que c'était vrai. J'étais devenu un homme qui n'avait plus besoin de démontrer quoi que ce soit. Je savais qui j'étais, je savais ce que je pouvais et je pouvais beaucoup. Le besoin de me montrer, de tenter d'impressionner les autres, de gagner du fric, de jouer les coqs, de me prouver que je n'étais pas un loser, de séduire des êtres dont je n'avais rien à faire juste parce que je pensais qu'ils me prouvaient mon existence, tout cela et tant d'autres choses creuses et d'une certaine façon malfaisantes pour les autres et pour moi avaient disparu. J'étais devenu fort. Je n'avais plus besoin d'en faire l'étalage puisque je le savais.

On arrête de ramper dans sa tête. On se lève, on avance un pied. On se casse la figure. On se relève, on avance à nouveau un pied. On se recasse la figure. On continue, et un jour, on marche. Alors, bien sûr, on a plein d'égratignures, on a mal, plein de bleus. Mais, un jour, on n'a plus peur et on est follement heureux. En parfaite harmonie avec son esprit.

Leonor embrassa Zach, yeux fermés, comme si elle retrouvait un frère. Je sus, sans hésitation, que ces deux-là étaient de la même race. Ma nouvelle race.

Je pense, sans aucune méchanceté, que Benoît, mon témoin au mariage, ne comprit pas trop. Benoît avait encore un voyage à faire, si, toutefois, il en avait envie. Peut-être Stéphanie sentit-elle qu'un truc étrange se passait. Je crois avoir vu des émotions défiler sur son visage.

Zach était presque aussi heureux que moi de nous marier. J'étais sidéré par tous ces gens qui entraient, sortaient de chez lui, un petit appartement minable non loin de son église. Les gens l'embrassaient, lui apportaient une part de tarte, un bout de rôti, un pot de peinture qui leur restait (juste pour faire un cadeau). Il écoutait, consolait, conseillait, rabrouait, engueulait. Tout le monde repartait apaisé, même ceux qui s'étaient fait remonter les bretelles. Un guide, un père, au sens réel du terme.

Il y avait une douzaine de personnes présentes à notre mariage. Nous quatre, plus Zach et une Anglaise, témoin de Leonor, une amie de longue date, une vieille dame très chic et d'une insolence *upper class* feutrée et très réjouissante, sans oublier cinq ou six personnes de la communauté noire catholique qui se réjouirent comme si nous faisions partie de leur famille, ce qui d'une certaine façon était le cas. Pourtant, ce fut sans conteste le plus beau mariage auquel j'aie jamais assisté. Le nôtre.

Juste avant qu'on le quitte, Père Zach me dit :

— *Please, come back soon. There is nothing to be afraid of, son. You know it now since you found the pebbles, like Tom Thumb*[1] *?*

1. « S'il te plaît, revenez vite. Il n'y a aucune raison d'avoir peur, mon fils. Tu le sais maintenant puisque tu as trouvé les graviers du Petit Poucet ? »

ÉPILOGUE I

J'ai vendu mes parts de la société à Benoît en gardant un intéressement. Sur le moment, il était plutôt satisfait : le surcroît de travail lui donnait un prétexte tout à fait recevable pour vendre sa clientèle et quitter définitivement son cabinet. Son rêve. Pourtant, je crois qu'il n'a pas très bien compris. À sa décharge, j'avoue que mes explications étaient plutôt embrouillées. Il a tenté de m'en dissuader, en véritable ami qu'il a toujours été. La boîte marchait bien, les bénéfices affluaient et, si j'avais trop de boulot, on pouvait m'associer un autre collaborateur. Je n'ai pas cessé de lui répéter que le problème n'était pas là, ni ailleurs, puisque, justement, il n'y avait plus aucun problème dans ma tête. Il est parti, sans doute quand même un peu fâché par ce qu'il considérait comme un abandon de ma part. Je pense qu'à ce moment-là, je n'avais pas envie de raconter, de décrire mes métamorphoses et encore moins d'évoquer ceux qui les ont provoquées. Mes improbables Yodas. Je pense quand même que Benoît a senti à quel point j'étais enfin heureux, apaisé, grandi. Surtout, comment pouvais-je lui dire qu'il n'était plus mon meilleur ami ? Je suis devenu mon meilleur ami. J'ai vécu si longtemps à côté de moi-même, sans doute parce que j'avais peur de ce que j'allais découvrir, avant de me rencontrer moi-même et d'aimer ce que j'étais devenu.

Profondément. Je ne sais pas si j'ai trouvé le vrai moi ou créé un autre moi. Peu importe. Je sais juste, et c'est si bête à dire, mais si authentique, si fondamental, que je m'aime enfin, que j'aime les autres et ce qui m'entoure. Ça ne signifie en rien que je ne pourrais pas, le cas échéant, défendre ce que je crois, ce que j'aime, me défendre, ça signifie juste que je n'ai plus peur de la fausse peur. La fausse peur a rongé les presque quarante premières années de ma vie. Le tribut que je lui ai payé, alors qu'elle ne me demandait rien, est colossal. J'ai menti, triché, perdu des gens. J'en ai supporté d'autres que j'aurais dû évacuer de ma vie. J'ai fait des choses que je n'aurais pas dû faire, certaines dont j'ai honte aujourd'hui. J'en ai évité d'autres auxquelles j'aurais dû m'accrocher, tout cela parce que j'avais peur, une peur si insidieuse mais si constante qu'il m'était facile de prétendre qu'elle n'existait pas. Peur de ne pas être à la hauteur, peur qu'on ne m'aime pas – même lorsque je n'aimais pas les gens –, peur de me planter, peur du futur, peur du passé, peur de tout.

En bref, je n'ai jamais vraiment vécu, me contentant d'exister, de passer d'une peur à l'autre, d'un mauvais remède à l'autre. Surtout la peur de me retrouver face à moi-même parce que, inconsciemment, je savais que je n'aimerais pas ce que je découvrirais. Je me suis, au fond, détesté, méprisé, sans trop savoir pourquoi, mais en sentant que je méritais mon mépris.

La fausse peur ne me fera plus jamais chanter.

La fausse peur est comme un mauvais sort jeté par un sorcier de pacotille. Elle n'a de pouvoir que si l'on y croit. Elle est alors plus dévastatrice qu'un tsunami. Elle pourrit chaque moment, chaque acte, nous poussant aux actions irréfléchies, destructrices, génératrices de malheur pour nous et les autres mais dont on pense sur le moment qu'elles sont de bons remèdes. Elle nous pousse aussi à la haine, à l'envie, à la vengeance. Là encore, on finit par se convaincre qu'il s'agit de réactions saines et normales de défense, c'est faux. Il s'agit de destruction et d'autodestruction, mais on l'ignore puisqu'on croit ce que nous serine la peur.

Il n'existe aucun remède extérieur à la fausse peur. Le seul, l'unique et l'imparable se trouve en nous. Dès que l'on cesse d'y croire, qu'on lui destine notre sincère et absolu mépris, la fausse peur s'évapore et l'on se demande vraiment de quoi, pourquoi on a pu craindre à ce point et si longtemps

Le soir tombe. Il fait un peu plus frais. Installé sur la terrasse de la grande maison que nous habitons aujourd'hui, je déguste à petites gorgées un verre de bourgogne blanc. Non loin, un couple de pigeons ramiers profite des dernières lueurs pour becqueter quelques graines. Bientôt, les chauves-souris sortiront comme de minuscules torpilles du massif de buis qui les héberge et les protège des rapaces nocturnes. Bercé par l'odeur sucrée du chèvrefeuille, l'éblouissante perfection du micro-monde qui m'environne me fait monter les larmes aux yeux. Bientôt, j'entendrai les pieds nus de Leonor fouler les larges dalles du salon. Sa journée de travail terminée, son ordinateur éteint, elle viendra me rejoindre sur la terrasse, un verre à la main, escortée de Chewie. Elle déposera une pluie de baisers sur mon crâne, sur ma nuque, s'installera en face de moi et me demandera de cette voix grave et un peu essoufflée que j'adore :

— Alors ?

Je suis heureux, heureux de chaque seconde parce que j'aime chaque seconde, parce que chacune d'entre elles compte, parce que plus aucune ne me fait peur. Enfin.

Je ne suis pas devenu croyant au sens où on l'entend habituellement. Disons que j'ai maintenant l'absolue certitude d'une sorte de force, dirigée, plus puissante que tout, que beaucoup de gens nomment Dieu. Une force, une harmonie, un plan, je ne sais pas trop quoi, mais vers quoi je tends. Une force qu'il est assez facile de rejoindre lorsqu'on cesse d'avoir peur, lorsqu'on comprend qu'on peut tout, ou presque, mais que ce « tout » ne peut pas aller vers la destruction, la haine, bref tout ce qu'engendre la fausse peur. On tente de se calmer, de se rassurer en faisant de l'argent, en achetant des choses dont, au fond, on n'a ni besoin ni envie (mais les autres les ont, donc, on se dit qu'il nous les faut aussi), en roulant des mécaniques pour se convaincre qu'on n'a pas peur. Chaque fois, le gouffre glacial et effrayant devant lequel on se tient s'élargit. Chaque fois, on se rend compte qu'on n'est pas du tout rassuré. Il en faut encore et encore, mais ça ne sert à rien parce que le gouffre est en nous. Prendre conscience que nous sommes notre propre précipice est le seul moyen de le combler, de le faire disparaître. Du coup, tous les faux remèdes qui ne nous ont jamais aidés n'ont plus de raison d'être. Notre besoin d'impressionner les autres pour exister, notre relation merdique avec un être qui ne nous apporte rien (mais on se console en se disant qu'au moins on a quelqu'un), notre peur d'un voisin chiant, d'un patron caractériel, d'un parent odieux, tout cela se volatilise. Je suis fort, je n'ai plus peur, je n'accepte que ce qui construit ma vie, mon voyage.

Ta vie est importante ? C'est vrai, mais la mienne aussi. Peut-être que tu ne sais pas où tu veux aller, mais moi, je sais, et je sais où je n'irai plus. Je sais que je marche sur mes deux jambes. Tu ne peux pas me faire ramper, je ne sais plus comment on fait puisque je n'ai plus peur.

Je n'ai aucun conseil à donner, pas de méthode à la gomme, pas de recette. Tout est déjà en nous. Nous ne le savons pas, mais c'est là. Ouvrons les yeux, ouvrons notre cœur et notre esprit. Cherchons nos graviers. Ils sont là et nous attendent. D'autres les ont semés pour nous, même si nous ne savons pas qui. Déclarons, de façon très ferme, à nos fausses peurs qu'elles peuvent aller au diable, que plus jamais nous ne serons leur esclave. Qu'elles ne nous pollueront plus la tête. Et regardons. C'est là. Ça a toujours été là.

Il m'a fallu presque huit ans pour admettre vraiment que j'avais peur, sans savoir de quoi. Pourtant, ce ne sont ni les signes ni les aides qui m'ont manqué. J'avoue qu'au fond, j'ai eu énormément de chance. Je peux me tromper mais je pense qu'il doit être plus facile pour une femme d'admettre qu'elle est menée par la peur. Les femmes n'ont pas nos inhibitions sur la parole et la peur. Admettre qu'elles ont peur, veux-je dire. Chez nous (les mâles de l'espèce), il s'agit le plus souvent d'une « prétention de mec » qui ne veut surtout pas avouer qu'il a eu la trouille, des fois qu'on pense qu'il est un paillasson. Or nous avons tous peur. Ça n'a rien à voir avec notre sexe, même si nous le verbalisons de façon très différente. Ça a tout à voir avec ces foutus cerveaux reptilien et limbique, avec lesquels il est quasiment impossible de discuter. Or, hommes ou femmes, nous supportons les mêmes et notre seule arme contre eux, notre seul remède efficace consiste à développer un méganéocortex, en béton armé, qui analyse, rationalise, met les choses en perspective. J'ai la trouille ? Et quel que soit le nom que je lui donne pour ne pas avoir l'air d'une serpillière à mes propres yeux. Pourquoi ? Existe-t-il une vraie menace ? Est-ce que la fameuse menace ne naît pas simplement de ma peur (comme avec Chewie ou avec M. Tanaka, ou avec Zach qui allait me violer dans les dix secondes) ? Ne suis-je pas en train de me faire un plan pourri ? Si la menace est réelle, ce qui est heureusement rare dans nos sociétés, on peut souvent la désamorcer. Montrer qu'on n'a pas peur, donc qu'on n'est pas une victime, dégonfle beaucoup de conflits, de situations de danger. Toutefois, il faut que notre refus, notre élimination de la peur soit authentique. La fausse peur se renifle aussi bien que la vraie peur. Il existe plein de signaux que nous percevons, de façon très animale. On ne peut pas faire croire qu'on n'a pas peur quand on a peur.

Je le répète, ne plus avoir peur, ne signifie en rien devenir une sorte de sage barbu et décharné, assis en tailleur sur sa montagne, qui regarde passer les êtres et les choses sans intervenir. Ça ne signifie pas tolérer l'intolérable. Ça signifie au contraire devenir un roc face à quelqu'un qui pratique l'inacceptable. C'est « Non », comme disait la auntie Susan du père Zach, et c'est vraiment « Non ! ». Ce n'est pas un « Non ! » apeuré qui peut soudain se transformer en « Pourquoi pas » ou en « Euh, ben oui ». C'est « Non ! ». Les autres, même les enfoirés, sentent très bien quand un « Non ! » est non négociable, ou quand c'est du pipeau. C'est un « Non ! » qu'il faut être prêt à défendre. Ça s'applique dans chaque domaine de la vie, sentimental, familial, professionnel. Ça se résume à « Ta vie est importante ? C'est vrai, mais la mienne aussi ».

Leonor m'a parlé d'un ami, totalement harcelé par son chef au boulot. L'ordure sociopathe voulait dominer, terroriser, laminer, sans doute parce qu'au fond, il avait une petite bite qui fonctionnait mal (pas nécessairement au sens physique du terme). L'ami en question, appelons-le Alain, était à deux doigts de démissionner, et sombrait dans la dépression nerveuse. Un type adorable, mais qui avait peur. Peur d'être foutu à la porte (alors même qu'il n'en pouvait plus et qu'il allait démissionner), peur de ne pas être à la hauteur, peur de se défendre, peur d'être en tort quelque part, puisque les gens bien ont tendance à chercher en eux la faute, expliquant qu'on leur pourrisse la vie avec tant de facilité. Les gens bien ont du mal à admettre, à simplement comprendre, qu'on puisse saccager quelque chose, eux en l'occurrence, sans raison logique. Eh bien, si. Du coup, à chaque brimade, chaque humiliation, ils se demandent ce qu'ils ont fait pour la mériter. Rien. Le problème n'est pas en eux. Il est chez l'autre, le tyran. Ce mec (ou cette femme) mort de trouille, parce que plus ou moins inconsciemment il sait qu'il n'est pas à la hauteur, mais qui tente de se rassurer en écrasant les autres, en les réduisant à sa merci.

M. Tanaka n'ouvre presque jamais la bouche, ou alors pour parler de fleurs de cerisiers. Pourtant, il ne viendrait à l'idée de personne de mettre en doute son autorité. M. Tanaka n'a pas peur, il est puissant. Père Zach n'a pas peur, il est puissant. Leonor n'a pas peur, elle est puissante. Auntie Susan n'avait pas peur, elle était puissante au point de se coltiner, par choix, un gamin odieux dont plus personne ne voulait. Mme Tess n'avait pas peur. Elle était puissante au point d'aller à la rencontre de sa mort. Du coup, ces êtres n'ont aucun besoin de démonstrations extérieures. Ce sont des rocs dont naîtront silencieusement plein de petits graviers à destination des autres, de ceux qui veulent bien les ramasser.

Justement, Leonor, rayonnante et si sûre de ce qu'elle est, de ce qu'elle peut, a longuement parlé à Alain, lui donnant deux ou trois tuyaux, dont le premier consistait à discuter, expliquer à son chef que les choses étaient insupportables. L'autre savait très bien ce qui n'allait pas puisque son petit pouvoir de domination le comblait et qu'il n'allait pas arrêter. Ce qu'il ignorait, c'est que Leonor avait prévu sa réaction. Elle lui offrait juste une dernière chance de changer, de son plein gré. Alain a ensuite suivi à la lettre ses recommandations. Les mini-représailles de l'ancienne victime Alain ont duré un mois. Un bras de fer silencieux, calme. Le micro-boss a craqué. Alain avait vaincu sa propre peur, celle-là même que l'autre utilisait contre lui. Il a gentiment expliqué au sociopathe de pochette-surprise que le terrorisme ne l'aiderait pas à dissiper sa trouille à lui. Car le petit tyran avait terriblement peur, ce qui expliquait son attitude. Bien sûr, une majorité de ces gens-là se ferait transformer en hamburgers plutôt que de l'admettre, sauf quand on arrive à le leur mettre sous le nez. Certains sont irrécupérables, trop formatés sur leurs schémas de domination, croyant y trouver un remède. D'autres peuvent être repêchés s'ils font l'effort de comprendre. Quoi qu'il en soit, il faut être capable de se défendre de façon légitime. La peur se nourrit aussi de notre sensation d'impuissance, mais nous sommes puissants dès que nous cessons d'avoir peur. Il y a tant de choses qui nous font peur, mais si peu qui peuvent véritablement nous faire du mal.

Moi, j'avais eu peur d'être un nul, de ne pas être à la hauteur, de me planter et de rater ma vie. Du coup, j'étais un nul, je n'étais pas à la hauteur, je me plantais et j'étais en train de rater ma vie. Ça aurait pu durer comme ça jusqu'à ma mort. Rien que d'y repenser, je me sens mal. Mais il y a eu cette… comment appeler ça, cette « convergence » de graviers, de Yodas.

Je lève mon verre à mes Yodas, à Catherine, Benoît, Stéphanie et au petit Thomas, à tous les êtres qui ont traversé et traverseront ou peupleront un jour ma vie. Mon cœur explose de bonheur en pensant que Leonor est dans la chambre avec Maya, qu'elles rigolent comme des folles, que Chewie s'est allongé comme une masse, dans un grand soupir, au pied du lit de notre fille, et qu'il commence à ronfler. Je les aime tant, jusqu'à en avoir parfois le tournis, à me dire par moments que c'est trop, que je vais exploser d'amour et de bonheur.

Je l'ai dit, mais je le répète parce qu'il s'agit de la vérité cruciale qui m'est apparue durant mon voyage. Lorsque la peur disparaît, s'évanouissent avec elle le besoin de domination, la haine, l'envie, la jalousie, la course à toujours plus d'argent, mais aussi notre peur sourde et invalidante de la mort qui nous empêche d'entreprendre, d'avancer.

Je n'ai plus peur. Je marche. J'existe. Je vis enfin.

Nous mourons tous un jour. Autant vivre pleinement jusque-là !

ÉPILOGUE II

La gare d'une grande ville française, un dimanche soir de printemps. Peu de gens sur la vaste esplanade, hormis une faune étrange, pas nécessairement amicale. Un invalide en fauteuil roulant invective les rares passants, les agonisant d'obscénités. Il est saoul ou timbré, voire les deux. Assis sur un rebord de mur, une poignée d'adolescents se repasse un joint dont l'odeur me parvient. Une statue d'ébène, coiffée d'une iroquoise, ses puissants mais élégants biceps serrés dans des bracelets de force en cuir, me dépasse en me jetant un regard glacial. Cinq ou six petites racailles, capuches de sweat-shirt rabattues, mains enfoncées dans les poches de leurs jeans trop larges, fouinent, peut-être à la recherche d'un coup facile. Quelques voyageurs filent tête baissée, apeurés, s'attachant à ne rien voir, ne rien entendre. Deux femmes d'une petite soixantaine d'années sortent de la gare. De simples connaissances, si j'en juge par la façon dont elles se parlent. L'une, la moins grande, sort une cigarette de son très joli sac à main. Du coin de l'œil, je remarque un peu plus loin deux jeunes meufs, type suiveuses de bandes, qui se concertent. Elles se lèvent et avancent vers la femme qui fume. Lorsqu'elle les aperçoit, une expression de panique se peint sur le visage de la femme la plus grande. En un éclair, elle fuit à toutes jambes et pénètre dans la gare, abandonnant l'autre. Intrigué, je demeure où je me trouve, quand même prêt à intervenir. Les deux filles se plantent sous le nez de la femme qui fume. L'une lance, avec arrogance : « T'as une clope ? » La femme la fixe et rectifie, paisible : « Vous avez une cigarette, s'il vous plaît, madame ? » Dès cet instant, je sais que je n'aurai pas à intervenir. Elle n'a pas peur. Contrairement à celle qui a fui, sans savoir pourquoi, elle ne se monte pas d'affreux scénario. Elle n'imagine pas, a priori, un dénouement qui ira vers le pire, ou alors elle sait qu'elle y fera face. La situation devient ou redevient donc normale, banale. La fille répète la phrase qu'elle vient d'entendre et j'ai le sentiment qu'elle est soulagée. La peur n'a pas nourri la peur. L'histoire s'arrête donc là. La femme tend une cigarette. Les filles remercient et s'en vont. L'autre femme revient, bafouille un lamentable prétexte en rougissant. Je suis triste pour cette femme. J'imagine un instant sa vie, ce magma de peurs qui l'étouffe. Mais peut-être ses peurs l'ont-elles tant asséchée, tant asphyxiée qu'elle ne vit plus, sans s'en rendre compte ?

« Relevez-vous et n'ayez pas peur. »
Matthieu 17-7

FIN… Commencement, plutôt.

Postface

Quelle étrange sensation ! Parfois marrante, le plus souvent intimidante. Mon texte, *Et il me parla de cerisiers, de poussières et d'une montagne*..., un peu autobiographique, un peu initiatique, romancé bien sûr mais au bout du compte très « personnel », est donc sorti chez Pocket en janvier 2014. J'ai alors reçu les exemplaires d'auteur. J'étais très heureux, profondément satisfait de le voir « en vrai », de le tenir entre mes mains. J'adorais la couverture que ma charmante et ultracompétente éditrice m'avait proposée. C'était un énorme soulagement de penser qu'un roman, très important à mes yeux, avait touché/intéressé/séduit, je ne sais trop, des éditeurs. Il voyait le jour, enfin, alors que je souhaitais partager ce cheminement depuis des années. J'avais écrit des lignes par-ci, par-là, m'interrompant, reprenant, tentant d'exprimer une sorte de métamorphose, une prise de conscience personnelle. En ouvrant le colis d'exemplaires, j'ai éprouvé, je crois, la même griserie que celui qui parvient à construire seul sa maison, ou que le type, pas franchement athlète, qui grimpe au sommet du mont Blanc. La satisfaction très personnelle de voir un long effort prendre corps, exister, de constater que le but que l'on s'était fixé est atteint et qu'il valait le temps passé et le travail fourni puisqu'il correspond exactement à ce que l'on voulait réaliser.

J'ai offert quelques exemplaires à des proches. J'en ai posé un sur mon bureau. Et voilà.

Eh bien, non : Et *pas* voilà ! Au bout de 2-3 mois, mon éditrice m'a téléphoné pour m'informer qu'ils procédaient à une deuxième grosse réimpression. Elle était aux anges, d'autant que Pocket avait fait un pari en publiant un nouveau nom, sans réputation préalable. Je ne m'y attendais tellement pas que je suis resté bête et peu réactif et qu'elle a dû me trouver assez poisson froid. Une fois raccroché, j'étais stupéfait. J'ai éclaté de rire, fou de joie, de surprise. Et nous en revenons au thème central d'*Et il me parla de cerisiers, de poussières et d'une montagne...,* un roman sur les fausses peurs qui nous bouffent, pourrissent notre vie et celles de ceux qui nous entourent. Je me suis soudain – et pour la première fois – demandé pourquoi je n'avais même pas eu l'idée d'aller fouiller Internet, consulter Amazon.fr pour voir si une lectrice ou un lecteur avait laissé un commentaire. Hein, pourquoi ? La seule raison que j'ai trouvée, qui tienne debout, est une peur inconsciente. Et si vous aviez trouvé ce texte – donc moi – nul, sans intérêt ? Et s'il n'avait rien évoqué en vous ?

Et si vous l'aviez reposé sans que cela provoque chez vous la moindre réflexion, alors même que ce qui est romancé entre ces pages représente une bonne part de mon « voyage ». Ça m'a fichu une claque parce que je pensais être devenu imperméable à ces stratégies sournoises de la peur.

Pas du tout content de lui, Antoine a donc tapé son nom sur Google. Antoine était encore moins content de lui ensuite, parce que ce qu'il a lu ou vu lui a parfois fait monter les larmes aux yeux d'émotion, ou rire de plaisir, de bonheur. Je me suis retenu de répondre à certains d'entre vous afin de vous le dire. Je ne sais pas si ce genre d'échanges se « fait », comme aurait dit la parfaite tante Catherine de Paul Lamarche.

S'est alors posée la question des interviews. Après mûre réflexion, j'ai senti que cette forme d'interaction n'était pas pour moi, du moins dans ce cadre. En fait, je n'arrive à exprimer ce que je pense/sens profondément que devant un écran, en repensant à des gens, des événements, en revenant sur mes phrases, parfois à maintes reprises. Sophie a d'ailleurs mis le doigt dessus, comme vous le verrez plus loin. Je n'avais pas envie de rester à la surface des choses, face à un monsieur ou une dame, aussi sympas soient-ils, armés de leur enregistreur ou de leur carnet. Pas non plus envie de répondre à certaines questions dont je sais qu'elles ne m'intéresseront pas, ou même qu'elles me mettront mal à l'aise : qu'y a-t-il de vrai dans ce roman ? Leonor et Émilie existent-elles ? Y a-t-il véritablement eu une presque fellation rémunérée sur un parking ? Antoine Paje a-t-il fait quelques jours de prison ? Et ce prêtre noir baraqué, d'où l'avez-vous tiré ? etc., etc.

Je profite donc de la sortie de ce *collector* pour vous faire part des instants d'émotion, de bonheur ou d'amusement, et de vive curiosité que m'ont procurés vos remarques. Je ne les citerai pas toutes, loin s'en faut, mais toutes m'ont touché, ont provoqué quelque chose en moi.

Dans le désordre :

De François B. sur le blog de son cabinet de conseil Bleu, ingénieur de formation comme moi, même si son école (HEC) est plus célèbre que la mienne. Il cite un extrait du roman, quelques lignes en illustration de son concept : « (…) on arrête de ramper dans sa tête. On se lève, on avance un pied. On se casse la figure… Mais un jour on n'a plus peur et on est follement heureux (…) ». Évidemment, la question qui s'est imposée à moi tombait sous le sens. Évoquait-il uniquement le parcours de ses clients ou aussi le sien ? Je n'en ai pas la moindre idée.

Sur le blog de maridoh, nominé par la Liebster Award. Elle explique qu'il s'agit d'une sorte de tag qui aide certains blogs à se faire connaître. Cette distinction requiert 11 anecdotes du bloggeur(se). Dans l'une, Marie-Dominique affirme qu'elle a décidé de ne plus avoir peur en citant *Et il me parla de cerisiers, de poussières et d'une montagne*… Comme ça, en trois mots, comme on se dit un jour qu'on arrête de déconner. Point, c'est clair, net et précis. Une visiteuse du blog lui répond que cette anecdote lui parle.

Dans les commentaires postés sur babelio, celui de soleggiata : « OSER, ÊTRE SOI, EXISTER, VIVRE », une série de verbes-majuscules qui traduit parfaitement le cheminement de Paul. Celui de bibliobleue qui évoque des graines de sagesse, que l'on est libre de ramasser ou pas. D'autres encore.

Ceux d'Amazon.fr vont dans le même sens, celui de Bernard, bouleversant mais plein d'espoir, qui évoque un deuil terriblement douloureux, sa métamorphose, et au bout du long et pénible chemin, la sérénité. Il reprend cette phrase si pertinente d'Eleonor Roosevelt, une grande dame : *Accomplis chaque jour une chose qui te fait peur*. Celui de Julie S., ou de Catherine O. qui m'a aussi fait rire puisque « cerisiers (avec un « S ») sur le gâteau, elle a envie de visiter le Japon », ou ceux de Lodieg, de Zabou, etc. Quelques mots à chaque fois, mais des mots sans équivoque qui m'ont véritablement fait sentir, toucher ce que je pressentais : nous avons tous peur et quelque part, nous le savons, même si la peur nous interdit de l'admettre, et surtout de la combattre. Après tout, elle prospère en épuisant notre énergie vitale et n'a aucune intention de nous libérer sans se défendre bec et ongles.

J'ai ensuite lu d'autres blogs. Celui de creezzy qui conseille de « relire le livre tout au long de sa vie ». Elle (ou il) a raison : nous ne sommes pas disponibles, ouverts de la même façon à chaque étape de notre vie. Paul Lamarche et moi-même en sommes d'implacables exemples. Je crois aux coïncidences, aux synchronicités. Une chose en amène une autre. Une réflexion que nous ne pouvions pas accepter à un moment, devient évidente à un autre. La critique du chemin-imaginaire a bien senti que cesser d'avoir peur, c'était aussi s'ouvrir aux autres, les voir, les entendre, les ÉCOUTER sans pour autant s'oublier soi-même. C'est trouver la force qui est en nous (autre clin d'œil à *Star Wars*), cette force qui nous rend assez puissants pour ne plus avoir peur des autres, pour les accueillir dans notre vie, ou simplement dans notre environnement. Et justement, puisque nous avons retrouvé notre force, ces autres savent que le respect sera nécessairement réciproque, qu'il ne pourra plus y avoir d'effacement de l'un par rapport à l'autre, sous aucun prétexte ou justification bidon. Le blog toutcequiselit dont l'auteure a été « cueillie » par les confidences de Paul. De fait, il s'agissait de confidences. Elles sont plus aisées lorsqu'on ne sait pas au juste qui les recevra, au point que l'on peut faire une sorte de *mea culpa*, avouer… qu'on n'a rien vu durant si longtemps, rien compris, rien senti, qu'on est passé d'une pétoche insidieuse à une autre. Bien vu, Madame.

Le blog d'unwalkers m'a tiré un sourire – un sourire ami, je précise, parce qu'il (ou elle) ne pouvait pas savoir. En revanche, il (ou elle) m'a fait réfléchir. Il (ou elle) écrit « le dernier chapitre sur la clope était un peu trop tiré par les cheveux ». Ben non ! Ce roman est inspiré de mon expérience. Certaines scènes sont à peine retouchées. L'une est strictement authentique, dans le moindre détail, jusqu'à l'invalide bourré ou dingue, ou les deux, qui agonisait les passants d'injures, les deux jeunes meufs, la femme qui fumait, l'autre qui s'enfuyait, terrorisée. Cette scène, justement. Elle s'est déroulée à Lyon Part-Dieu, un dimanche après-midi. Quoi qu'il en soit, la réflexion d'unwalkers, qui parle aussi de clichés, est très intéressante puisqu'elle initie une interrogation. D'où viennent les « poncifs », ainsi que les nomme unwalkers, alors que, par ailleurs, il (elle) a apprécié le roman ? Bref, les lieux communs. Mais de nous, uniquement de nous ! Les poncifs sont ce que nous sommes, la plupart d'entre nous, la plupart du temps. Nous, les humains, aimons, détestons, espérons, désespérons, avons peur, mal, éprouvons du plaisir de la même façon, même si nous ne l'exprimons pas nécessairement avec les mêmes mots. En réalité, « poncif » ou « cliché » sont des mots pratiques, fourre-tout, qui décrivent ce qu'il y a de plus profond en nous. Ils sont tissés de nos actes, de nos émotions, de nos sentiments, beaux ou laids, et ceci depuis des dizaines de milliers d'années. Ce sont donc des liens d'humanité, une sorte de conscience collective. Le poncif dit que n'importe quel homme peut évoquer avec un autre, issu de n'importe où sur la planète, son amour et/ou son désir pour une femme, ou alors sa peur de la mort, et que l'autre comprendra. Il dit que n'importe quelle femme pourra raconter l'agonie de son enfant à une autre femme, quelle que soit son origine, sa religion, et que l'autre fondra en larmes parce qu'elle pensera immédiatement à son enfant à elle. Ou alors, elles se décriront la dernière jolie robe, (ou *ao dài* ou *haori* ou *boubou*, etc.) qu'elles ont portée et s'émerveilleront mutuellement de sa fluidité, de sa coupe, de son étoffe, de sa couleur. Clichés, bien sûr, mais incontournable vérité. Le cliché dit que nous appartenons à la même espèce et que nous ressentons les choses les plus fondamentales de façon similaire. Il dit que nous sommes à vif ou que nous guérissons pareil. Il dit que nous souffrons et que nous hurlons pareil, que nous sommes heureux et que le monde nous appartient soudain de la même façon. J'aime bien les poncifs humains. Ils sont la preuve que nous pouvons toujours discuter puisque nous parlons finalement de la même chose, pas toujours dans la même langue. On peut se teindre en prune, bleu ou orange vif, se piercer la langue ou la narine, se faire refaire le nez en mufle de lion, c'est aussi un cliché, celui de l'extravagance cette fois. De plus (surtout ?), le cliché exclut les vrais tordus, les mauvais irrécupérables parce qu'ils ont abandonné ce lien d'humanité commune, justement. Ils ne peuvent plus communiquer avec les autres. Ils n'en font plus partie. Ils ne partagent plus les mêmes sensations, les mêmes sentiments au plus profond d'eux. La multitude des autres, nous, sommes des clichés. Selon moi, « cliché » lorsqu'il s'applique à l'humain n'a rien de péjoratif, au contraire. C'est un mot noble, parce que nous ne sommes pas des Martiens. Nous appartenons à la même espèce humaine, nous avons le même nombre de chromosomes, le même sang… et les mêmes peurs. Je me revendique « cliché ou poncif » parce que je suis humain, que je ressens comme tous les autres humains, ou presque, et que j'en suis fier (bon d'accord, je ne l'ai pas toujours été).

Quant à Estelle du blog monroman.com, elle a l'image qui résume : nous construisons nos peurs, nous les montons brique à brique à la manière de murs censés nous protéger mais qui nous enferment et nous étouffent.

Enfin, je voulais terminer par le blog heureux-dans-sa-vie.com de Maxime G. et la vidéo au sujet dù roman qu'il a postée sur Twitter. J'ai rigolé avec ce jeune type dont le rire est contagieux. Il porte, en effet, le bonheur gravé sur le visage et dans la voix. J'ai presque eu le sentiment de retrouver un pote. Ils sont rares, les hommes qui osent dire qu'ils ont pleuré « parce que ça résonnait en eux ». Ça demande un évident courage, et aussi un véritable confort intellectuel. Être bien dans ses pompes et dans sa tête. Et il a tout résumé en quelques minutes, sur un rire, Maxime. En effet, Paul (Antoine) ne comprend rien, parce qu'il a peur de comprendre.

Enfin-bis : environ deux mois après la sortie du roman, j'ai reçu un mail d'une ancienne collègue, appelons-la Sophie, avec qui j'avais eu une courte liaison. Cela faisait des lustres que nous n'avions plus échangé. Un beau mail, en dépit de son agressivité à peine dissimulée et même de sa colère sous-jacente. Un mail qui m'a tant bouleversé que j'ai encore fait assaut de stupidité en n'y répondant pas. Parce que, après réflexion, je ne savais pas quoi écrire hormis : tu as raison. Elle y disait :

« Antoine, je viens de lire *Et il me parla de cerisiers*… étrange de reconnaître des fragments de quelqu'un qu'on a fréquenté, et même connu bibliquement selon l'expression consacrée. Pour ne rien te cacher, j'en suis à la troisième ou quatrième version de ce mail. Je ne sais pas comment en venir au vif du sujet. Ton roman m'a secouée. Je me suis reconnue dans ces peurs puisque j'ai, à tort, passé ma vie à négocier avec elles, songeant que si je leur lâchais quelque chose, elles me foutraient par ailleurs la paix. Grave erreur. Plus on leur en donne, plus elles en exigent, jusqu'à nous bouffer. Notre "rupture" en est un exemple. J'ai eu peur d'être différente, de péter le "modèle", au fond peur d'être une sorte de Leonor, par crainte de te faire peur (un comble !) et de te perdre. Résultat, tu es parti. Tu as raison, nos peurs sont d'impitoyables terroristes de l'esprit et on ne négocie pas avec elles. On les dégomme, encore faut-il savoir où elles se terrent.

Je voulais également te dire que tu es un vrai con. À ta décharge, tu ne fais pas partie d'un groupe ultra-minoritaire parmi le genre masculin, le modèle incapable de décoincer cinq mots personnels. Comment se fait-il que tu puisses expliquer sur 140 pages ce que tu ressens, quitte à le romancer, et soit incapable d'aligner trois phrases lorsqu'on te demande, te conjure, te supplie de parler ? Il aura fallu que j'achète un bouquin pour savoir ce que tu pensais, qui tu étais véritablement. Je trouve cela dommage (je reste polie) et je t'en veux.

À part cela, je t'embrasse. Le meilleur à toi. »

Que pouvais-je te répondre, Sophie ? Rien d'intelligent puisque tu avais déjà tout dit.

Hormis ce « témoignage » doux-amer, un peu baffe sur les bords, tous ces êtres que je ne connais pas, qui ont écrit qu'ils avaient décidé de faire la peau à la fausse peur et que « ça marchait », qu'ils avaient aussitôt constaté des modifications dans leur vie, ont résonné très fort en moi. Résonner presque au sens propre. Comme un coup dans la poitrine qui enverrait une onde de choc dans tout le corps. Je revivais mon cheminement au travers de leurs mots. Un truc vertigineux. Comment le définir… Encore une fois, je n'avais pas du tout pris ces retours en perspective. J'ai soudain compris que non, non, je n'avais pas écrit un roman inspiré de mon voyage, tout seul, dans mon bureau, devant mon écran. En réalité, j'avais discuté, interagi, avec des dizaines de milliers de personnes. C'est dingue quand on l'a brusquement sous le nez !

Du fond du cœur (l'expression est aussi un poncif mais traduit exactement ce que je ressens, faute d'une plus adéquate et surtout plus parlante), merci.

Antoine Paje.

Composé par Nord Compo
à Villeneuve-d'Ascq (Nord)

Imprimé en France par

BRODARD & TAUPIN

à La Flèche (Sarthe)
en octobre 2014

Couverture imprimée en France
par Boutaux packaging

POCKET – 12, avenue d'Italie – 75627 Paris Cedex 13

N° d'impression : 3006902
Dépôt légal : octobre 2014
S25478/01